Le Livre de Poche Jeunesse

La Rose écarlate

Sarah K.

La Rose écarlate

I. Bas les masques !

Adapté de la bande dessinée *La Rose écarlate*
de Patricia Lyfoung

Prologue

Dernière soirée de l'année 1754. Les salles de réception des châteaux arborent leurs décorations les plus raffinées sous l'éclairage de mille feux. Bals costumés, banquets, réjouissances, musique, danse. L'heure est à la joie, à la fête. Dans la France entière.

Excepté au château du baron de Huet. Le maître de céans est mourant. Il ne verra pas l'aube du nouvel an.

Ses trois fils se tiennent à son chevet, dans sa chambre. La vaste demeure est par ailleurs vide. Les domestiques ont eu congé pour la nuit. Ordre leur a été donné de ne reprendre leur poste qu'à l'aurore, pas avant. Ils ne diront pas adieu à leur maître.

Le baron est allongé, comme "posé" sur un lit qui paraît immense en comparaison de la pauvre chose qu'est devenu son corps amaigri. Un vrai sac d'os. Le blanc cireux de son visage se confond avec celui du drap qui le couvre. C'est déjà un linceul. Pas de médecin pour soigner l'étrange maladie qui l'a subitement terrassé. Pas de prêtre pour lui donner l'extrême-onction. Personne ne doit entendre ce qui, dans l'heure qui vient, va être dit. (D'où l'absence programmée des domestiques.) Car les dernières paroles du moribond doivent révéler un secret.

Les yeux du baron fixent tour à tour chacune des trois silhouettes qui l'encerclent et une lueur d'épouvante les agrandit. La fièvre le consume, une abominable douleur le met à la torture, provoquant tremblements et convulsions, pourtant, il vient d'avoir un éclair de lucidité. Il vient de comprendre la raison de son agonie prématurée. Du poison court dans ses veines.

Lequel ? Lequel de ses trois fils lui a administré le venin qui l'expédiera tout droit en enfer ?

Exorbités de terreur, les yeux hagards du vieillard vont d'Albert à Alban, puis d'Alban à Albion. Reviennent à Albert. Cette abominable ressemblance ! Cette monstrueuse similitude ! Exception faite des vêtements, de l'apparence liée au caractère des trois hommes, rien ne saurait être en mesure de différencier leurs visages. Ce sont exactement les mêmes traits. On croirait qu'un miroir reflète une seule et même figure en trois exemplaires.

Trois êtres créés à l'identique. Une aberration de la nature. Le fruit de l'accouplement d'une sorcière avec un incube. La marque du Malin...

Ce qui, précisément, l'avait attiré à l'époque.

L'esprit du baron se projette soudain vingt ans en arrière. Lorsqu'il avait découvert ces trois gamins de cinq ans, sales, dépenaillés, la peau rongée par la vermine, la tête grouillant de poux, pataugeant dans la boue du caniveau dont ils se désaltéraient, faute de mieux. Alors qu'il s'apprêtait à leur jeter un écu en guise d'aumône, il s'était senti contraint d'obéir à une impulsion aussi subite qu'étrange. C'était comme si une voix lui avait dit : « Ce sont eux ! Prends-les ! », comme si une main l'avait poussé à enlever ces enfants pour en faire ses fils.

Ses fils. Oui, ils le sont devenus peu à peu. Chacun à sa façon.

Albert. Qui s'est révélé délicat et raffiné à peine sorti de son premier bain, tel un fruit parfait dissimulé sous une écorce pourrie. Obéissant et sage en apparence, il a rapidement appris l'art de l'intrigue pour devenir un courtisan redoutable, un noble à part entière, admis à Versailles, dans l'entourage du roi. Le regard du baron s'arrête longuement sur celui qui, depuis la première minute, a été son préféré, l'objet de sa fierté, celui qu'il a montré au monde, celui qui aurait pu être issu de sa propre descendance... Ses lèvres exsangues tentent d'esquisser un sourire alors que le jeune homme pose sa main sur la sienne. C'est bon, le contact de cette main, ça réchauffe, car malgré la fièvre, le vieillard se sent envahi par un froid glacial. Albert est si beau, si élégant, si coquet. Toujours impeccablement vêtu de costumes de soie ou de velours, de chemises à jabots, les cheveux savamment roulés en ailes de pigeon sur les oreilles... Il manie mieux la parole que le poison.

Ce n'est pas lui, l'assassin.

Alban ? Nouvel assaut de fièvre. La vue du baron se trouble. L'image de l'adulte penché au-dessus de lui et celle de l'enfant qu'il a été se superposent. Alban le sauvage. Qui mettait en fuite toutes les nourrices. Qui refusait obstinément de s'habiller selon le nouveau rang qui lui était donné, préférant garder ses guenilles pour gambader dans la forêt où il chassait, braconnait, se nourrissant souvent de la chair crue de l'animal qu'il venait d'abattre. Alban qui très tôt mania la fronde, l'arc, puis l'épée, le sabre. Le seul amour qu'il fût capable de nourrir, c'était pour les armes. Alban devenu à présent une force de la nature. Imposante carrure difficilement emprisonnée dans des costumes de laine ou de coton, chevelure hirsute nouée à la va-vite sur la nuque en queue de cheval... Ce n'est pas lui non plus. Alban n'aurait pas eu recours au poison pour le tuer. Il aurait préféré le couteau.

Reste Albion.

Le seul fait de diriger son regard sur cette sil-

houette évanescente, quasi fantomatique, qui se tient en retrait, là, tout au bout du lit, provoque un sursaut de douleur chez le vieillard. C'est à peine s'il ose, s'il peut tourner la tête vers lui... Albion enfant, chétif, malingre, toujours malade. Albion dont la peau diaphane – ce fut une nourrice qui s'en aperçut – ne supportait pas la lumière du soleil, pas même celle d'une aube grisâtre. Albion qui prit l'habitude de vivre la nuit, perdu dans des études sans fin pour développer une intelligence remarquable, plongé dans des livres savants et des grimoires, parlant le latin, le grec, l'arabe. Albion devenu l'alchimiste, le magicien. L'émissaire du diable. Corps souffreteux perdu dans une robe de bure, tel un moine en pénitence, visage osseux, émacié, constamment dissimulé sous une immense capuche.

C'est lui. Nul doute n'est possible.

Le baron voudrait pouvoir lui dire qu'il n'est pas dupe, qu'il sait. Il voudrait lui fixer un rendez-vous en enfer. Mais les mots ne franchissent pas le seuil de ses lèvres.

Et pourtant. Il faudra bien qu'il parle.

Car effectivement, Albion en a décidé ainsi. Tout est prêt pour qu'il y parvienne. Le poison a déjà fait son effet, mais ce que le baron ignore, c'est qu'Albion l'a doublé d'une potion de sa composition – une décoction de diverses plantes. Leur vertu ? Extorquer la vérité au sujet qui l'a ingurgitée. Albion a déjà eu l'occasion de la tester sur plusieurs cobayes, il sait que le baron ne fera pas exception.

— Adieu, père, lance-t-il avant de s'esquiver.

Un signe de tête en direction d'Alban qui lui emboîte aussitôt le pas. Arrivé cependant sur le seuil de la porte, celui-ci se retourne, hésite un bref instant, se balançant gauchement d'un pied sur l'autre avant de revenir vers le lit.

— Euh... Je voulais... J'espère que...

Les mots se bousculent sans parvenir à former une phrase. Les mots n'ont jamais été le fort d'Alban.

— Paix à votre âme, lâche-t-il enfin.

Puis il quitte la chambre et rejoint son frère dans la pièce voisine, la bibliothèque. Albion y active un mécanisme secret – encore une de ses inventions – un pan entier de livres pivote à la manière d'une porte et découvre un escalier menant aux souterrains du château. Si Albion s'y engouffre sans l'ombre d'une hésitation, sans même prendre la peine de saisir un chandelier pour s'éclairer, Alban, lui, marque un temps. Il répugne toujours à pénétrer dans l'antre de son frère. C'est qu'il suffoque dans cette cave sinistre, humide et glaciale, infestée par les chauves-souris. Le plafond y est si bas qu'il lui est impossible de se tenir droit, il doit se courber. Habitué à passer ses journées à galoper dehors, au grand air, il a l'impression de s'enfermer dans un tombeau. Il n'a cependant pas le choix. Il a beau être plus fort qu'Albion – oh ! oui, il pourrait enserrer son cou d'une seule main et le briser d'une simple pression – il se voit toujours contraint de lui obéir. Un geste, un regard, un claquement de doigts et il fait ce que l'autre lui ordonne.

Albion vérifie d'un rapide coup d'œil que tout a été préparé selon ses vœux. L'autel drapé du tissu blanc, orné de la croix rouge pattée. La croix des Templiers. Au-dessus, l'effigie du Baphomet, l'idole des Templiers maudits, ceux qui ont renoncé au Christ. Magnifique ! Il en a fait réaliser un tableau à partir des icônes qu'il a collectionnées au fil des ans. Corps humain surmonté d'une tête de bouc aux longues cornes. Le front est frappé d'une étoile à cinq branches. Le buste, nu, est celui d'une femme, symbole de la maternité. La main droite est dirigée vers le haut, la gauche vers le bas. Les bras sont doublés de deux grandes ailes qui fendent des flammes. La figure magique de l'Absolu.

Splendide ! Les cierges allumés sur l'autel créent un effet de clair-obscur qui ajoute encore à la beauté maléfique de l'idole. On la croirait vivante. Non, elle est *vivante.*

Détachant avec peine ses yeux du tableau qui exerce sur lui un pouvoir de fascination, Albion poursuit l'inventaire : un crucifix est jeté à terre et enfin, enchaînée au mur, se trouve une fille. Albion ne lui lance qu'un rapide regard et ne s'approche d'elle que pour lisser un pli disgracieux sur le tissu

– identique à celui de l'autel – qui enveloppe son corps nu. Il n'entend pas les sanglots et les supplications de la malheureuse, déjà à moitié morte de terreur. Elle n'est pour lui qu'un outil, un instrument nécessaire à son rituel.

La jeune paysanne est emprisonnée dans ce cachot, seule dans la pénombre, face à l'idole qui l'emplit d'horreur, depuis le début de l'après-midi. Elle se promenait en forêt, cueillant quelques plantes, oh ! pas loin, juste en lisière, quand tout à coup, un cavalier l'a poursuivie, a lancé un filet sur elle et l'a hissée sur son cheval pour la jeter là, dans cet infâme souterrain. Ce cavalier n'était autre qu'Alban qui chassait, sur ordre de son frère.

Le Baphomet. Le crucifix. La fille. Et là-haut, le vieux baron, le père, mourant. Tout est fin prêt.

Baphomet.

Tant de générations se sont interrogées sur ce nom et voilà que lui, Albion, à force d'acharnement, d'étude, a enfin compris sa signification. Baphomet veut dire « Mahomet », ont affirmé les linguistes. Ignorants qu'ils sont ! Certes, c'est vrai. Mais lui seul a trouvé l'autre signification de ce nom sacré, son sens caché : Oum el Phoumet, soit en arabe « La bouche du père ».

Alors oui, cette nuit, la bouche du père va parler.

Il faut commencer sans tarder. Le temps est compté.

Albion crache sur le crucifix jeté à ses pieds.

Trois fois. Ainsi fut fait par les Templiers auxquels il se réfère. Les Renégats, les Maudits. Puis il s'agenouille devant le Baphomet. Ferme les yeux. Se concentre. Focalise la force de son esprit. La pénitence qu'il s'est infligée, quatre jours consécutifs de jeûne, conjuguée au sentiment de pouvoir enfin toucher au but, crée rapidement un vertige. Il tremble. Sa tête lui fait mal, autant que si ses tempes étaient prises dans un étau. Les prémices de l'état second, la transe.

– Jacques de Molay, tu fus brûlé sur le bûcher sans révéler le secret ! J'en appelle à toi ! Rocelin, grand Maître obscur ! Toi aussi tu choisis de périr dans les flammes plutôt que de révéler le secret. Parle-moi ! Baphomet ! Je t'implore ! Révèle-moi ce qui ne peut être dit !

Sa voix a été si forte que les murs de la grotte en renvoient encore l'écho. Puis c'est le silence. Un silence total. Même la malheureuse enchaînée ne pleure plus, ne supplie plus qu'on la laisse partir.

Albion se jette à terre, le corps secoué de spasmes, ses bras et ses jambes se tordent comme s'ils étaient soumis à la morsure des flammes, les flammes des bûchers qui consumèrent les Templiers, les flammes que fendent les ailes du Baphomet. Debout au fond de la salle, Alban lui aussi perçoit la chaleur. Il étouffe, son front dégouline de sueur, ses aisselles sont trempées. Il retire sa veste, déchire sa chemise. Il est au bord de l'asphyxie.

Et là-haut, dans la chambre du baron, Albert se sent également pris de vertige. Car c'est ainsi que fonctionnent les trois frères. Ce qu'Albion éprouve se communique instantanément aux deux autres. Albion est la source de leurs perceptions. Toujours.

Albert s'assoit sur le lit, porte la main à son front, la tête lui tourne. Mais il doit se ressaisir, vaincre le malaise. Les yeux du baron sont déjà à moitié fermés, il faut faire vite.

— Père, murmure-t-il. Père, je vous en conjure, confiez-moi le fruit de vos recherches sur le mystère des Templiers !

Le vieillard entrouvre les yeux. A-t-il compris les paroles de son fils ? Est-ce une manière d'acquiescer ? On dirait, oui. Il parvient à lever une main tremblante, demandant ainsi à Albert d'approcher. Plus près. Encore plus près. Mais de sa bouche n'expire qu'un râle entrecoupé de syllabes.

— Jean... Un carnet... La fille... Baptiste...

Prononcer ces mots a été un tel effort que la tête du baron roule sur le côté.

— Père ! Père ! s'écrie Albert en le secouant pour le ranimer. De qui parlez-vous ? Qui est ce Jean ? Ce Baptiste ? Et cette fille, de qui s'agit-il ?

— ...

Seul un souffle rauque s'expulse de la bouche du baron. C'est cependant assez pour Albion qui, cinq mètres plus bas, lit dans l'esprit du mourant aussi clairement que dans un livre.

« Jean-Baptiste et sa fille détiennent le secret des Templiers dans un carnet. »

Voilà ce que voulait dire le vieux fou ! C'était si simple, il suffisait de remettre les mots dans l'ordre.

Albion se relève. La transe est passée et il semble parfaitement maître de lui.

— Oui, c'est bien ça ! s'écrie-t-il en arpentant la salle. Ce Jean-Baptiste a une fille, il est père ! Oum el Phoumet, « La bouche du père » doit parler à nouveau ! ... Mais comment trouver cet homme si je n'ai pas son nom ?

Les pas d'Albion l'ont conduit près d'Alban devant qui il s'arrête machinalement. Croyant que la question est pour lui – alors qu'Albion ne fait que penser tout haut – il hausse les épaules pour signifier qu'il n'a pas de réponse. Sans lui jeter un regard, Albion se détourne et s'approche de la jeune paysanne enchaînée, toujours muette, paralysée par la terreur. Il fait courir ses doigts sur ses joues trempées de larmes.

— La fille de Jean-Baptiste ! répète-t-il d'un ton négligent. Ton père ne s'appellerait pas ainsi par hasard ?

La jeune paysanne secoue désespérément la tête avant de perdre connaissance.

— Non, bien sûr, c'eût été trop beau ! ... Il me faut le nom de famille de ce Jean-Baptiste !

L'ordre s'adresse à Albert, qui, dans la chambre, pose aussitôt la question au mourant.

Le baron secoue la tête. Il ne veut pas révéler ce nom. D'ailleurs, même s'il le voulait, il ne le pourrait pas, car cette fois, c'est bel et bien fini, le poison a achevé son travail. Il ne respire plus, il suffoque, un étau emprisonne sa poitrine. Ses membres, y compris sa langue, se raidissent. Comment pourrait-il parler ?

Mais c'est sans compter sur la puissance du sérum de vérité qui, même au seuil de la mort, agit encore. Et c'est ainsi que, effaré, le baron, avant de fermer définitivement les yeux, entend sa propre voix résonner aussi clairement que s'il avait recouvré les forces de sa jeunesse pour articuler le nom qu'on lui demande.

— Laroche.

En bas, Albion l'a entendu.

— Laroche ! répète-t-il. Trouve-le ! ordonne-t-il aussitôt à Alban. Chevauche jour et nuit ! Parcours la France entière s'il le faut, mais trouve ce Jean-Baptiste Laroche sans tarder ! Extorque-lui son carnet et tue-le ! Il me faut aussi sa fille ! Elle, je la veux vivante. Vivante, c'est compris ? Quant à celle-ci... (Il désigne d'un geste la jeune paysanne évanouie.) Garde-la-moi pour l'instant, elle me sera utile en attendant d'avoir l'autre !

1

— J'ai froid !

— Tiens, prends mon châle !

— J'ai faim !

— Il doit bien y avoir, je ne sais pas... des baies à grignoter quelque part, regarde autour de toi !

— Faudrait pour ça y voir clair ! Notre torche est sur le point de s'éteindre. Comment on va faire ?

— On y verra toujours assez avec le clair de lune.

Francine se tut. Maud avait décidément réponse à tout. Elle ne prit pas la peine de regarder autour d'elle pour trouver de quoi manger, comme le lui suggérait son amie. Manger était bien la dernière de ses préoccupations. Elle n'avait pas faim. Au contraire. Elle avait l'estomac complètement retourné. Et ce qui lui nouait les entrailles, ce n'était ni le froid ni la fringale, mais la peur. Une frousse de tous les diables qu'elle n'osait cependant pas avouer à sa compagne. Et pourtant... Cela faisait près de... combien de temps ? Une heure ? Plus ? Qu'elles étaient là, toutes les deux, seules au beau milieu de la nuit, en pleine forêt. À attendre. À attendre quoi, au juste ? ... La jeune fille se maudit elle-même. Pourquoi donc s'était-elle laissé entraîner dans cette aventure ?

« Oh ! Francine, je t'en prie, accompagne-moi, ça va être formidable ! lui avait assuré Maud. On va *le* voir, tu te rends compte ! On va *le* voir en chair et en os !!! » avait-elle précisé en insistant sur ce "le" qu'elle avait prononcé avec autant de déférence et d'excitation que si elle évoquait une créature divine. Francine s'était laissé convaincre et avait accepté de la suivre. Comme toujours. Car il n'y avait rien de plus communicatif – voire "contagieux" – que l'enthousiasme de Maud. Elle savait se montrer persuasive, Maud ! Ce qu'elle décidait, elle le faisait. Ce qu'elle voulait, elle l'obtenait. Un sacré tempérament que le sien. Parfois, Francine se sentait... comme... "rétrécie" à côté d'elle. Oui, tel était le mot qui convenait le mieux pour décrire son sentiment. Si elle se comparait à Maud, elle n'était plus qu'une moitié de fille, dotée d'une moitié de caractère. Même l'apparence physique n'échappait pas à cette impitoyable division : une taille moitié moins grande, une chevelure moitié moins opulente, des yeux moitié moins vifs, une silhouette moit...

Francine tressaillit. Ce bruit, qu'est-ce que c'était ? Et cette... chose qui venait de lui frôler ses jambes ? Oh ! Mon Dieu ! Mon Dieu ! On racontait tant d'horreurs ces temps-ci. À propos de brigands, de meurtres d'une cruauté sans nom, d'enlèvements. Oui, des enlèvements. Elle ne savait plus au juste dans quelle région cela s'était produit, mais la police du roi enquêtait, disait-on, sur de mystérieuses disparitions. Celles de paysannes de quinze ans, belles, en pleine santé, présentant à peu près le même profil que... Maud. (Francine trouva soudain consolation à se savoir moins attrayante que son amie.) On avait retrouvé quelques-unes de ces infortunées. Mortes, égorgées, le corps supplicié d'une affreuse façon.

Et si la même chose leur arrivait ? Là, maintenant, tout de suite ? Si elles étaient en train, sans le savoir, de vivre leurs derniers instants ? Oh ! Non ! Non ! Pas si jeunes ! Elles avaient à peine dix-huit ans !

— Ce n'est rien.

Comment ça, rien ? Mourir la gorge fendue d'une oreille à l'autre, après avoir été torturée dans une cave sordide, ce n'est rien ?

— Ce qui t'a frôlée, précisa Maud, ce doit être juste un lapin ou un autre petit animal. Ne va pas encore imaginer le pire !

Voilà que Maud parvenait à lire dans ses pensées, à présent. Fallait-il ajouter un don de sorcière à la liste de ses qualités (ou défauts) ? Cette pensée rassura Francine pour un temps. Si Maud était un peu sorcière, elle trouverait le moyen de les tirer d'affaire, au cas où. Elle s'empressa de poursuivre la conversation. Leurs voix avaient au moins l'avantage de couvrir cet insupportable silence percé de bruits suspects.

— Pourquoi est-ce que tu tiens tant à le voir, ce... Comment le surnomme-t-on déjà ?

— Le Renard !

Il y avait une foule de sentiments exprimés dans ces deux petits mots que Maud venait de prononcer. Déférence, estime, admiration, vénération, avec autre chose en plus, à en croire la suavité qu'avaient eue en cet instant précis les intonations de la jeune fille.

— Le Renard ? répéta Francine, moins enthousiaste.

Elle trouvait le surnom un tantinet ridicule et s'apprêtait à l'affirmer lorsqu'elle pensa à l'animal du même nom. Si un renard, un vrai, avec des crocs bien acérés, venait à les surprendre ? Ou pire, un loup ? Une meute de loups ? Ou un ours ? Ou... Vite, continuer à parler pour conjurer les mauvaises pensées.

— Et qu'est-ce qu'il fait au juste, ton Renard ? demanda-t-elle. Malgré l'obscurité (leur torche venait de s'éteindre et elles devaient s'en remettre à présent aux rayons de lune), elle remarqua le regard courroucé que lui lança son amie.

— Tu n'es pas au courant ?! Comment peux-tu vivre sans te soucier de ce qui se passe ailleurs que dans le minuscule cercle de ton village ? Le Renard est un justicier ! Un formidable justicier qui, de Paris, sillonne la France entière. Il vient en aide aux pauvres, aux laissés-pour-compte, aux miséreux, il rétablit un semblant de justice dans ce pays qui part à vau-l'eau. N'as-tu pas conscience des souffrances du peuple, écrasé sous les taxes ? Notre roi ne fait pas les bons choix. Il n'est plus le « Bien-Aimé », comme on le surnommait il y a encore quelques années. Les caisses de l'État sont vides, or, sous l'influence de mauvais conseillers, il ne cherche pas l'argent là où il faut. Il faut bien te représenter que...

Francine poussa un long soupir : Maud était lancée. Dans ses grandes idées, ses discours politiques. Fort heureusement, à part les animaux de la forêt, personne n'était en mesure de l'entendre, sans quoi on l'aurait dénoncée et accusée de conspiration contre le roi. Car, vrai, avec sa verve, elle était bien capable de soulever une révolte ! Francine imaginait déjà son amie enfermée à la Conciergerie, puis pendue en place publique. Quelle horreur ! Même s'il n'y avait pas de danger immédiat, mieux valait l'entraîner sur une autre voie.

— Et c'est juste pour ses qualités d'âme que tu as envie de voir le Renard ?

Maud ne répondit pas immédiatement. Francine l'observa et s'aperçut que sa respiration se précipitait, elle crut deviner, malgré la pénombre, que ses joues prenaient une teinte rosée.

— On sait de quoi il a l'air ? demanda-t-elle d'un ton faussement négligent.

— Non. Il est toujours masqué, personne n'a jamais vu son visage mais, j'imagine que... que... Il doit être plutôt jeune, agile... alerte... Parce que, pour faire ce qu'il fait, il faut avoir une certaine forme physique ! Il chevauche comme nul autre cavalier au monde, sur un cheval... euh... un cheval blanc, puissant, rapide comme... comme le vent !

Maud s'interrompit un bref instant. « Rapide comme le vent », la comparaison était plate, d'une banalité navrante ! Ah ! Pourquoi n'avait-elle pas le talent de ces écrivains dont elle avait lu quelques livres ? Ils savaient brosser un portrait, eux !

— Rien ni personne n'est en mesure de résister au Renard, reprit-elle néanmoins. Il peut mettre en débâcle une armée entière, déjouer les pièges les plus redoutables, il est acrobate, il est capable de marcher sur les murs, de sauter d'arbre en arbre, de voler au-dessus des toits, de...

À nouveau emportée par sa verve, Maud poursuivit une description de plus en plus enflammée, son débit de paroles s'accélérait, les mots se bousculaient, elle avait peine à reprendre son souffle tant ses phrases étaient longues, embarrassées d'une impressionnante liste de superlatifs. Elle aurait pu, semblait-il, parler ainsi des heures durant. Puis elle décida de joindre le geste à la parole. Se dressant soudain, elle leva le bras comme si elle brandissait une épée et fendit l'air de son arme fictive, faisant mine de toucher mortellement un partenaire imaginaire. Un deuxième attaquant – tout aussi invisible que le premier – ayant surgi sur sa droite, elle se retourna et lui décocha un coup de pied magistral, puis elle pivota sur la gauche, car un troisième adversaire la mettait à présent au défi.

Le mime était plus vrai que nature. Francine l'applaudit.

Réalisant qu'elle s'était, une fois de plus, laissé emporter par son imagination, Maud s'arrêta net. Elle disciplina les mèches de cheveux qui s'étaient échappées de sa coiffe pendant sa démonstration, rajusta son corsage et se rassit sans dire un mot.

— Ainsi, tu penses que le Renard est jeune, beau, et invincible, c'est ça ? demanda Francine après un bref silence.

— Quelque chose comme ça, oui.

— Et si jamais c'est un gros bedonnant au teint rougeâtre, tu ne risques pas d'être déçue ?

— Qu'est-ce que tu insinues ?

— Que tu es amoureuse ! conclut Francine. Tu es amoureuse de quelqu'un que tu n'as jamais vu.

— Pas du tout ! Je... Je... Peu importe le physique du Renard, de toute façon ! Là n'est pas la question. Je suis admirative de... de ses actes qui... d'un point de vue...

Maud ne fit que bégayer. Vexée de s'être fait piéger aussi bêtement – elle détestait cela ! – elle décida de ne pas laisser plus longtemps l'avantage à sa rivale et riposta en utilisant d'autres armes.

— On dit aussi que le Renard n'hésite pas à se montrer très cruel, si besoin est.

— Co... comment ça, cruel ? À quel point ?

— Eh bien, disons que trancher une tête ou deux ne lui fait pas peur et qu'il se plaît à faire couler le sang à flots. Que veux-tu, la fin justifie les moyens !

Le point fut marqué. Les mauvaises pensées assaillirent de nouveau la malheureuse Francine. Si jamais, comme l'affirmait Maud, une voiture venait à passer et que le Renard se montrait, à quel genre de scène au juste allaient-elles assister ? Une séance de torture, doublée d'un assassinat ? Jamais elle ne le supporterait, elle qui détestait la violence ! Il fallait à tout prix persuader Maud de renoncer à son projet.

— Tu as bien dit qu'il était parisien, n'est-ce pas ?

— Oui.

— Alors, dans ce cas, comment pourrait-il se trouver ici, en plein cœur du Périgord ?

— Parce qu'aujourd'hui même, une annonce publique a été faite au village, comme quoi on offrait cinq cents écus pour sa capture. Les soldats ont des informations, ils doivent savoir que le Renard se trouve dans la région en ce moment. Moi-même, j'ai mené mon enquête. J'ai appris que le comte de Venoix et sa femme reviennent d'un voyage en Italie. Ils doivent faire étape demain à Monpazier, ils passeront forcément par ici cette nuit. Je sais aussi que...

Maud s'interrompit brusquement et posa un doigt sur ses lèvres pour signifier à son amie de se taire. Elle avait subitement l'air inquiète.

— Tu n'as pas entendu ? chuchota-t-elle.

— Entendu quoi ?

— Je ne sais pas, je crois que... On dirait...

Elle se retourna vivement, comme si elle voulait surprendre quelqu'un qui se serait dissimulé derrière elle. Ne voyant rien, elle demeura un long moment immobile, aux aguets, fouillant les environs d'un regard anxieux.

— Quoi ? ... QUOI ? s'écria Francine, effrayée par ce changement d'attitude.

Maud n'eut guère le temps de répondre.

Il y eut d'abord un bruit de galop, au loin, indiquant qu'une voiture approchait. La lueur d'une lanterne perça bientôt l'obscurité dans laquelle la route était plongée jusque-là. Le galop s'amplifia rapidement, jusqu'à devenir aussi puissant qu'un roulement de tonnerre. La lueur grandit elle aussi, projetant déjà sa lumière sur les deux jeunes filles, tapies derrière un buisson en bordure de la route. Puis le sol se mit à trembler. Mais pas devant elles, pas à l'endroit où la voiture apparaissait déjà, lancée à vive allure. Non, ce tremblement prenait sa source derrière Maud et Francine. Les vibrations étaient si fortes que l'espace d'un instant, les filles crurent que la terre allait s'ouvrir sous elles et les engloutir. Instinctivement, elles se donnèrent la main, comme si ce geste dérisoire pouvait les aider à résister à la force d'une telle attraction. Puis elles se retournèrent d'un même mouvement et virent à ce moment-là une ombre gigantesque qui fondait sur elles à un train d'enfer.

Qu'est-ce que c'était ? Le ciel qui leur tombait sur la tête ?

Cette ombre les enveloppa aussitôt après, masquant la lune, les plongeant dans une obscurité totale pendant un temps qui leur parut affreusement long, mais qui, de fait, ne dura que quelques fractions de seconde à peine.

Qu'est-ce que c'était ? *Qu'est-ce que c'était ?!!!*

Un hennissement leur répondit. Bien plus qu'un hennissement, c'était quasiment un rugissement, un hurlement d'une puissance inouïe. Qui sonnait comme un avertissement. Comme si le cheval qui bondissait au-dessus d'elles – Maud et Francine le comprirent enfin – leur criait : « Gare ! Je vais vous réduire en bouillie ! » Elles eurent à peine le temps de se jeter au sol pour éviter les sabots de l'animal qui, passant à quelques centimètres d'elles, aurait pu leur pulvériser le crâne.

Ce cheval, surgi de nulle part, monté par un cavalier entièrement drapé de noir – c'est tout ce que les deux filles purent apercevoir de lui à cet instant – atterrit sur la route au moment précis où la voiture arrivait. Le cocher tira violemment sur les rênes. En vain. Il ne put éviter le choc. Ses chevaux se cabrèrent, il fut projeté à terre, tandis que la voiture culbutait et se renversait.

Tout se passa ensuite si vite. Trop vite. Comme dans un rêve.

Maud eut l'impression de s'éveiller après avoir sombré dans une sorte d'inconscience. Peut-être était-ce le cas, d'ailleurs ? Peut-être que le cheval l'avait heurtée sans qu'elle s'en rende compte et qu'elle n'avait plus toute sa tête ? Que ce qu'elle voyait n'était qu'une illusion ? Et pourtant, non, les yeux grands ouverts, le cœur battant comme un tambour, elle avait bien assisté à toute la scène, sans en perdre une minute.

Elle avait vu le Renard à l'œuvre ! Et il n'avait pas failli à sa réputation. Nul besoin de dégainer son épée ou de proférer la moindre menace. Sa vue seule avait suffi à terroriser le couple de voyageurs qui, péniblement, était sorti de la voiture renversée et lui avait aussitôt donné tout ce que leurs malles contenaient comme valeurs – argent, or, bijoux – en suppliant qu'il leur laisse la vie sauve.

Une fois revenu du choc consécutif à sa chute, le cocher, terrifié en comprenant ce qui se passait, s'était hâté de remettre la voiture sur ses roues. Il avait ensuite fait monter ses deux passagers à l'intérieur en les houspillant, les bousculant, les poussant en toute hâte comme s'il chargeait des animaux sur une charrette. Sans cesser de jeter des regards angoissés au Renard qui, toujours en selle, ne bougeait pas, ne disait pas un mot. Il fallait faire vite, vite, avant qu'il n'utilise le tranchant de son épée pour les transpercer tous d'un même coup ! Reprenant les rênes, le cocher avait fouetté ses chevaux à tour de bras pour les forcer à repartir.

La route était à présent déserte. Plus aucune trace de la voiture qui avait rapidement disparu au loin, prenant de la vitesse en dépit des dégâts causés par l'accident.

Mais le Renard, lui, était toujours là. Quelques mètres seulement le séparaient de Maud, tapie dans l'ombre, le cœur toujours aussi affolé. Son magnifique cheval piaffait d'impatience, guettant un signe de son maître pour reprendre son galop.

Il était là.

Mystérieux. Inquiétant, aussi. Imposante silhouette noire qui se découpait sur le disque de la lune. Il semblait faire corps avec sa monture. La cape qui l'enveloppait était aussi sombre que la robe de son cheval, ses pans se mouvaient sous l'effet du vent ou selon les mouvements de l'animal, prenant soudain de l'ampleur, comme des ailes prêtes à se déployer. On eût dit un être tout droit sorti d'un conte fantastique, une gigantesque chauve-souris dotée de quatre pattes. On ne discernait plus qui était qui, où était l'homme, où était le cheval.

Le cœur de Maud battait de plus en plus vite, c'en était douloureux, l'air lui manquait. Elle se sentit envahie, embrasée par une gigantesque bouffée de chaleur. Elle se sentit trembler des pieds à la tête.

Un tel état ne lui ressemblait pas. Elle devait se ressaisir... Le Renard ne repartait pas, parce qu'il savait qu'elle était là. Évidemment ! Bride abattue, il avait bondi au-dessus d'elle et de Francine, tout à l'heure, il les avait forcément vues, il les avait même probablement entendues parler avant l'arrivée de la voiture. Et maintenant, il attendait qu'elle se montre.

Maud ferma les yeux et prit une longue inspiration. Devinant ses intentions, Francine tenta un geste pour la retenir, mais Maud la repoussa et avança jusqu'à la route.

Surpris par son apparition, le cheval du Renard se cabra. À nouveau, la jeune fille faillit être projetée à terre par un coup de sabot.

— Monsieur, je...

Sa voix se perdit dans les hennissements et les ruades de l'animal.

– Je... Je...

Je... Quoi ? Maud prit conscience que rien ne sortait de sa bouche, à l'exception d'une série de sons inarticulés, un lamentable bégaiement. Qui eut pour effet d'agacer davantage encore le cheval. Le poitrail écumant de sueur, soufflant par les naseaux des volutes de buée aussi denses que de la fumée, l'animal se mit à tourner autour d'elle, de plus en plus menaçant. Et la jeune fille tournait elle aussi sur elle-même, à la fois pour se protéger et dans l'espoir de capter un regard du Renard, dans l'espoir qu'il lui dise quelque chose, n'importe quoi. Qu'il calme au moins sa monture !

Pourquoi l'animal se montrait-il si nerveux, si agressif ? Maud avait toujours adoré les chevaux, depuis qu'elle était toute petite, et ils le lui rendaient bien en général. Or celui-ci...

Le mouvement de toupie auquel la jeune fille était contrainte finit par provoquer un vertige. La vue de Maud se brouilla, ses oreilles se mirent à bourdonner. Elle eut soudain la sensation d'entendre une voix. Le Renard lui parlait-il enfin ? ... Non. La voix semblait venir... du cheval... Il lui parlait dans une langue étrange, que Maud ne comprenait pas, ou à moitié seulement. Ça ressemblait à de l'arabe... La langue de sa mère, celle qu'elle entendait parfois en rêve. "*D-am ! Handek !*" hurlait le cheval... Quelle était la signification de ces mots ? Maud n'en avait aucune idée, ils résonnaient dans sa tête comme de simples sons, comme des notes de musique, mais leur sens lui échappait.

Maud dut faire appel à toute sa volonté pour revenir à elle et reprendre ses esprits. Elle se mordit les lèvres jusqu'au sang, elle serra les poings pour enfoncer ses ongles dans la chair de sa paume, elle aurait aimé s'infliger des blessures plus graves encore.

Le Renard, de son côté, immobilisa enfin sa monture. Il y eut un long silence durant lequel ils se dévisagèrent mutuellement. Au moment où Maud sentait qu'elle allait enfin réussir à s'exprimer dans un langage clair – et non plus bégayer comme une idiote – alors qu'elle levait la main vers le cheval qui s'était calmé et qui, approchant sa tête, semblait même réclamer une caresse, le Renard lança à ses pieds le sac contenant ce qu'il avait dérobé aux voyageurs.

— Tiens, petite ! Fais bon usage de cet argent !

Puis il fit volte-face et disparut dans un nuage de poussière.

« Petite ? » C'est ainsi qu'il l'avait appelée ?! Petite !!! Comme si elle n'était qu'une enfant ? Maud eut l'impression d'avoir reçu une gifle.

Incrédule, elle baissa les yeux sur le sac. Seule trace tangible de tout ce qui venait de se passer.

Le Renard lui avait fait l'aumône ! Il l'avait prise pour une indigente ! Une mendiante !

Elle regarda sa robe à moitié déchirée, sale, crasseuse, souillée de taches de boue. Elle en conclut que son visage ne devait guère être plus avenant, elle avait probablement les joues maculées de terre. Une souillon. Voilà comment elle s'était présentée au Renard. Sans parler de ce maudit malaise qui l'avait privée de parole, qui avait dû, sans aucun doute, lui donner l'allure d'une folle.

Elle eut envie de hurler. De disparaître dans un trou.

Francine, constatant que la voie était libre, émergea de sa cachette à ce moment-là. Sans se préoccuper de l'état de son amie, elle fonça droit sur le sac qu'elle s'empressa d'ouvrir. Elle en inspecta le contenu en ouvrant des yeux ronds comme des billes, sans cesser de pousser des "Oh !", des "Ah !", des "C'est pas possible !"

— Ça suffit maintenant ! s'écria finalement Maud, exaspérée. On ne va pas prendre racine et passer la nuit ici, non ? On rentre !

2

Le retour se passa sans encombre. Les jeunes filles ne firent pas de mauvaise rencontre et Francine attribua cette chance à la bonne étoile qui veillait sur Maud. (On pouvait l'appeler aussi « bonne fée », « bon esprit » ou encore... « sortilège ».) Tel était en tout cas le sentiment de Francine, qui fut soulagée d'arriver à proximité de son foyer où elle allait enfin pouvoir se coucher et dormir tout son saoul. Car, vrai, elles avaient tenté le diable en rentrant de nuit, avec pour seule compagnie le butin dérobé par le Renard. Un véritable trésor. Tout le long du chemin, Francine avait tenu le sac contenant argent et bijoux serré contre elle, tel un bon gros bébé bien sage, bien lourd aussi. Et elle devait avouer que ce contact avait contribué à lui donner du courage et à faire remonter son moral en flèche.

Mais si Francine se sentait mieux, Maud, en

revanche, était de fort méchante humeur. Tête baissée, poings serrés, les traits marqués par une expression de contrariété évidente, elle marchait sans desserrer les lèvres. Vite, trop vite pour Francine qui, encombrée par le poids du sac, devait trottiner pour rester à sa hauteur.

Maud était en colère contre elle-même : après avoir élaboré tout un stratagème pour rencontrer le Renard, après y être enfin arrivée, elle s'était comportée de manière stupide. Ce moment qu'elle avait tant attendu, elle l'avait lamentablement gâché. Si bien qu'elle n'avait qu'une hâte : rentrer, se jeter sur son lit, fourrer la tête sous l'oreiller, dormir et oublier cette aventure dont elle sortait couverte de honte.

Leurs maisons respectives étaient déjà en vue lorsque Francine se risqua à rompre le silence et à poser la question qui lui brûlait les lèvres depuis un bon moment.

– Qu'est-ce que tu comptes faire de tout ça ? demanda-t-elle.

– Hein ? De quoi parles-tu ?

Maud s'arrêta et porta un regard ahuri sur le sac que Francine avait soulevé à hauteur de ses yeux, comme si elle en découvrait l'existence à l'instant même. C'est qu'elle l'avait complètement oublié. Elle ne s'en était pas du tout souciée. Si Francine n'avait pas pris la peine de le ramasser, elle l'aurait, pour sa part, laissé dans la forêt.

Elle réfléchit un instant, puis son visage s'illumina. Tout n'était peut-être pas perdu. Ce sac, avec les richesses qu'il enfermait, allait lui permettre de garder un bon souvenir de cette soirée, oui, un excellent souvenir ! Car elle décida – l'idée lui traversa l'esprit avec une évidence sans pareille – qu'elle allait terminer le travail du Renard. Elle distribuerait cet argent dès le lendemain. À qui ? ... Une brève réflexion à nouveau, puis la réponse s'imposa : la famille Laborde ! Les Laborde étaient des amis de son père. Ils avaient six enfants en bas âge et en attendaient un septième. Or Maud savait que M. Laborde avait du mal à nourrir autant de bouches, il avait été obligé dernièrement de faire engager son fils aîné, âgé de huit ans seulement, comme apprenti tanneur. Cet argent serait une véritable aubaine pour lui, il permettrait le retour à la maison du petit Damien !

— Alors, on partage ? demanda Francine, tout sourire, se fourvoyant sur la réaction de Maud.

Celle-ci la foudroya du regard.

— Pas question ! dit-elle en lui arrachant le sac des mains.

Elle lui fit part de son projet et Francine comprit, au seul son de sa voix, qu'il était inutile de riposter, de lutter d'une quelconque manière contre sa résolution. Maud s'était mis une nouvelle idée en tête, et rien ne l'en dissuaderait. Il ne restait plus qu'à aller se coucher. Il ne restait plus qu'à rêver de cet argent qu'elle avait possédé un court instant, des bijoux qu'elle avait eu le plaisir de manipuler, cette paire de boucles d'oreilles en émeraude, par exemple, qu'elle avait repérée en inspectant le contenu du sac dans la forêt... Bah ! Après tout, de quoi aurait-elle eu l'air, parée de tels joyaux, pour aller laver le linge ?

Quant à Maud, elle parcourut le cœur léger les derniers mètres qui la séparaient de sa maison. Sa mauvaise humeur s'était envolée. Elle imaginait déjà la joie des Laborde lorsqu'elle leur remettrait l'argent. Et si jamais on lui en demandait la provenance, elle répondrait que... Qu'elle avait elle-même détroussé des nobles. Oui, elle rapporterait le récit de la soirée, en l'accommodant à sa façon. C'était elle qui avait arrêté la voiture lancée à toute allure, elle qui avait fait chuter le cocher, elle encore qui avait terrorisé les voyageurs, elle qu'on avait suppliée de ne pas se montrer trop cruelle...

Sauf qu'on ne la croirait pas.

Et qu'elle serait obligée de révéler la vérité. Mais au moins, les enfants l'assailliraient de questions. Vrai ? Elle avait approché le Renard ? Comment était-il ? Aussi fort qu'on le racontait ? Lui avait-elle parlé ? Elle pourrait au moins mentir sur ce point. Avancer que oui, elle s'était longuement entretenue avec lui, que, même, il lui avait fixé un autre rendez-vous. Qu'il l'avait chargée, à l'avenir, de distribuer dans la région les richesses qu'il déroberait, faisant d'elle sa collaboratrice à part entière...

Maud dut mettre un frein à l'élan de son imagination. La lueur d'une bougie éclairait la maison. Ce qui signifiait que son père n'était pas couché. Qu'il l'avait attendue. Il devait être inquiet, voire en colère. Maud ne s'en soucia pas outre mesure : son père se montrait rarement sévère envers elle, il lui laissait une entière liberté. De fait, depuis la mort de son épouse, il avait confié à sa fille les rênes du ménage. Maud s'occupait de tout. Jean-Baptiste Laroche, forgeron de son état, travaillait beaucoup. Passionné par son métier, il fabriquait des épées qui étaient de véritables œuvres d'art, sa réputation était telle que les commandes affluaient. Comme beaucoup d'artistes, il était doté d'un tempérament plutôt distrait et s'en remettait à sa fille pour gérer le quotidien. Maud décida de prétexter qu'elle lui avait laissé un mot – elle le griffonnerait en rentrant – l'avertissant qu'elle était chez Francine. Il lui rétorquerait qu'il ne l'avait pas vu et elle lui reprocherait derechef sa négligence : pas de meilleure défense que l'attaque. Son escapade serait ainsi justifiée.

Heureuse à la perspective de la journée du lendemain, elle avait envie de se reposer et prit rapidement congé de Francine.

Quelque chose n'allait pas.

Maud le sentit immédiatement. Avant même d'entrer. Elle s'arrêta sur le seuil, la poitrine étrangement douloureuse, comme si un poids bloquait sa respiration. Ce poids, c'était un signal que lui envoyait son corps, la conséquence d'une inquiétude subite, d'une angoisse que jamais elle n'avait éprouvée avec autant d'acuité. Elle eut un mal fou à lever le bras, à tendre la main vers la porte. Celle-ci était d'ailleurs entrouverte. Pourquoi, à pareille heure de la nuit ? Ce n'était pas normal.

Ce que Maud vit, une fois entrée, confirma le bien-fondé de ses soupçons et la pétrifia sur place. La pièce principale était sens dessus dessous. Les meubles étaient renversés. Tables, chaises et tabourets se mêlaient à un fatras d'étagères écroulées, de vaisselle cassée, d'objets piétinés – des statuettes, des poteries que la jeune fille avait pris plaisir à collectionner et à poser çà ou là en guise de décor. Ce désordre inouï ne traduisait pas seulement l'irruption d'un étranger dans la maison, la fouille de quelque cambrioleur en quête d'argent. Ce chaos disait qu'il y avait eu une lutte, un combat acharné, violent.

Maud voulut appeler son père, mais sa voix s'étrangla. Elle traversa la pièce d'une démarche somnambulique, tant ses jambes tremblantes avaient du mal à la porter. Elle manqua plusieurs fois de tomber, trébuchant sur le pied d'une chaise ou le manche d'une casserole. Les larmes ruisselaient sur ses joues, l’empêchant d’y voir clair. Pourquoi ces larmes ? Pourquoi ? Elle s’en voulait de pleurer. Ce n’était pas dans son tempérament. Elle n’avait guère pleuré qu’une fois jusque-là, lorsque sa mère était morte, huit ans auparavant. Et voilà que, maintenant, elle se sentait envahie par le poids d’un chagrin aussi fort que celui qu’elle avait éprouvé à l’époque. Ça n’avait pas de sens.

Sauf si...

Elle parvint jusqu’à l’atelier de son père, mitoyen à la pièce principale. Même désordre. Mêmes traces de lutte. À ceci près que là, le sol était taché de rouge.

Du sang.

« D-am », en arabe.

L’un des mots prononcés par le cheval du Renard, tout à l’heure, dans la forêt. Maud en comprit soudain la signification.

Retrouvant son énergie, elle se précipita vers son père, étendu au sol. Il était blessé à la jambe. Maud glissa une main derrière sa nuque et de l’autre, elle tenta de comprimer la blessure qui saignait à flots, elle s’y connaissait suffisamment en anatomie pour deviner qu’une artère vitale avait été touchée et qu’il fallait agir vite.

Jean- Baptiste Laroche respirait encore, très faiblement. Il parvint à ouvrir les yeux et fit signe à Maud de se pencher davantage vers lui.

— Il... est... toujours... là ! murmura-t-il dans un souffle.

Mais c'est à peine si Maud entendit cet avertissement. Du moins, elle n'en tint pas compte. Ce qui lui importait avant tout, c'était de soigner son père. Il fallait arrêter l'écoulement de sang. Elle allait déchirer le bas de sa robe afin de fabriquer un garrot de fortune, mais Jean-Baptiste, rassemblant toutes les forces qui lui restaient, lui saisit la main aussi fermement qu'il le put. Puis d'un regard, il lui indiqua une épée, posée sur l'établi, celle-là même qu'il avait dû finir dans la soirée, avant d'être surpris par son agresseur.

— Prends-la ! ... Prends-la vite ! balbutia-t-il.

Il y avait un affolement terrible dans ses yeux.

"*Handek*", "*Fais attention à toi !*" Le second mot prononcé par le cheval du Renard.

Maud se releva et saisit l'épée. Mais celle-ci était trop lourde. Elle dut glisser ses deux mains dans le pommeau pour la soulever et lorsqu'enfin elle y parvint, le poids la déséquilibra. Jamais elle ne pourrait manier cette arme, s'en servir pour porter le moindre coup. Quant à sa propre épée, elle était à l'étage, dans sa chambre. Elle pensa un instant courir pour aller la chercher, mais y renonça. Si son père n'avait pas été de taille à lutter contre l'agresseur, toujours dissimulé dans la maison, comment y parviendrait-elle ? Certes, elle pratiquait l'escrime, mais de façon épisodique, quasi ludique. Elle n'avait eu jusque-là que son père pour adversaire qui – elle n'était pas dupe – lui laissait souvent l'avantage lors de leurs échanges afin d'être témoin de sa joie.

La peur s'insinua en elle. Pour la première fois. Bien que l'atelier fût vide, elle sentait une présence. Toute proche. Elle regagna la pièce principale. Personne. Elle retourna sur le seuil de la porte où elle avait abandonné le sac contenant l'argent dérobé par le Renard. Elle le prit et le jeta à l'intérieur.

— Si c'est de l'argent que vous voulez, en voilà ! Prenez ! s'exclama-t-elle d'une voix chevrotante, qu'elle eut peine à reconnaître comme étant la sienne. Prenez et partez !

Rien pendant quelques instants, puis l'intrus mordit à l'hameçon. Du moins Maud le crut-elle. Elle entendit un pas, derrière elle. Un pas lourd, un pas qui ébranlait le sol, répercutant des vibrations que Maud perçut sous ses pieds. L'homme devait être grand, très grand, d'une puissance hors du commun, mais peut-être sa corpulence l'empêcherait-elle d'être rapide ? C'est ce que Maud espérait.

Elle se trompait. Elle n'eut même pas le temps de se retourner que l'homme avait déjà glissé son bras sous sa gorge et la tenait fermement serrée contre lui. Ce bras, ganté d'un cuir épais, était comme un carcan, un étau qui s'était refermé sur elle et qui l'étouffait. Elle tenta de se débattre, agrippa de ses deux mains cette mâchoire de fer qui lui cisaillait le cou, mais ses ongles ripaient sur le cuir sans trouver la moindre accroche. Au bout du compte, elle ne fit que gesticuler, tel un pantin ridicule. L'homme la souleva du sol avec autant de facilité que s'il maniait une poupée avec laquelle il avait envie de s'amuser. Maud voyait ses pieds s'agiter, donner des coups dans le vide, comme ceux d'un pendu se contorsionnant au bout d'une corde. Alors qu'elle suffoquait, l'homme relâcha légèrement son étreinte et la reposa au sol. Il approcha sa bouche de son oreille, jusqu'à la frôler dans une manière de baiser.

— Je ne suis pas venu chercher de l'argent, murmura-t-il avec une suavité écœurante.

Il fit ensuite glisser ses lèvres sur la joue de la jeune fille. Des lèvres mouillées de salive, qui laissaient échapper un souffle proche du râle. Maud sentit sa peau se hérisser, elle était révulsée par ce contact.

— Je suis venu chercher le carnet de ton père. Où est-il caché ? demanda Alban.

Car c'était lui. Après des mois d'une quête acharnée, il était parvenu à trouver Jean-Baptiste Laroche, comme le lui avait ordonné son frère.

— Tu vas gentiment me dire, ma beauté, où se trouve ce carnet, ensuite nous partirons tous les deux... Parce que tu es attendue dans la capitale !

Il continua à parler. Maud ne comprenait rien à son discours. Quel carnet ? Il n'y avait pas de carnet ! Jamais son père ne lui en avait soufflé mot. Du reste, elle n'écoutait plus son agresseur. Sa pensée était focalisée sur une seule et unique chose : le contact de cette bouche immonde sur sa joue. Il fallait à tout prix qu'elle s'en débarrasse. Elle en souffrait bien plus que de la douleur provoquée quelques instants auparavant par le bras d'Alban comprimant sa gorge.

Elle se mit à le maudire, à l'injurier, proférant un flot d'imprécations dont la violence la surprit elle-même.

Alban resserra son étreinte en guise de représailles. Plus fort. Encore plus fort. L'asphyxie menaçait, la vue de Maud s'enveloppa d'un voile noir, les objets sur lesquels elle posait ses yeux affolés se dédoublaient, s'entourant de points de couleur qui l'éblouissaient. Maud sentit qu'elle allait perdre connaissance. La voix d'Alban se fit de plus en plus lointaine, elle ne fut bientôt plus qu'un vague murmure. Les yeux de la jeune fille se fermaient déjà, les points de couleur disparaissaient pour céder la place au noir, aux ténèbres dans lesquelles elle glissait peu à peu. Maud se crut inconsciente. Ou aveugle. Mais non. Elle y voyait encore. Le voile noir formait une image. Maud vit – revit, plutôt – le cheval du Renard, tel qu'il lui était apparu dans la forêt au moment où elle s'était crue prise de vertige. Elle revit le poitrail de l'animal écumant de sueur, les flots de fumée qui s'échappaient de ses naseaux, sa crinière affolée, ses ruades. *“D-am”*, *“Le sang”*, *“Handek !”*, *“Attention à toi !”* L’animal l’avait prévenue du danger, il n’était pas en colère contre elle comme elle le croyait, il l’avait tancée pour lui communiquer toute sa rage, toute sa puissance. Maud sentit une chaleur subite envahir son corps, puis des picotements, comme les morsures d’une multitude de serpents qui se seraient attaqués à ses bras, à ses jambes, elle les sentit jusqu’au bout des ongles. En une fraction de seconde à peine, elle souleva ses pieds du sol, ramena ses genoux à hauteur de sa figure puis détendit son corps en un élan si violent et si puissant qu’elle parvint à se libérer. Le bras d’Alban ne put opposer aucune résistance, comme s’il n’était plus qu’une malheureuse cordelette usée qui avait fini par céder.

Maud se retrouva face à son adversaire. Il était vêtu d’une ample redingote noire qui lui tombait aux chevilles – le faisant paraître encore plus grand – et portait un chapeau dont les larges bords projetaient une ombre sur le haut de son visage, si bien que Maud ne voyait que ses longs cheveux dénoués qui tombaient en filaments graisseux sur ses épaules, et ses yeux, petits, étirés comme des fentes, d’une couleur claire, un vert tirant sur le jaune.

Mais bien qu’elle se retrouvât face à ce géant, cette force de la nature, elle n’avait plus peur.

Alban parut un instant surpris d’avoir pu ainsi

lâcher sa proie. Il fut également perturbé par la détermination farouche qu'il lut dans le regard de la jeune fille. Cependant un sourire revint vite étirer sa bouche grimaçante. Il s'approcha de Maud, la forçant à reculer. Maud jeta un coup d'œil en direction de l'épée qu'elle avait laissée tomber par terre. Trop loin d'elle. Elle continua de reculer. Alban n'était plus qu'à quelques centimètres d'elle. Et derrière elle, toute proche également, la cheminée, le feu dans lequel elle risquait de tomber si elle ne se décidait pas à réagir.

Elle ne réfléchit pas à ce qu'elle fit.

Alors qu'Alban, confiant à nouveau, allait s'emparer d'elle sans effort, elle prit dans la cheminée une énorme braise. Elle la saisit à pleine main et aussitôt, l'appliqua sur la joue gauche d'Alban, y appuyant de toutes ses forces, s'imaginant qu'elle n'avait qu'à marquer au fer rouge une vulgaire tête de bétail.

Alban poussa un hurlement digne d'une bête sauvage. Il porta la main à sa joue et lorsqu'il l'en retira, Maud vit une énorme boursouflure rouge qui la traversait de part en part. Il hurla encore, puis se tut subitement, portant un regard épouvanté sur la main de Maud, celle qui avait saisi la braise. Maud la regarda elle aussi, machinalement : elle était blanche, lisse, parfaite, aucune trace de brûlure n'apparaissait sur sa paume. Et elle prit conscience qu'elle n'avait pas mal.

— Tu es une sorcière ! s'exclama Alban. Tu ne crains pas le feu !

À son tour, il recula, épouvanté. Courbé en deux, les yeux fermés, il pressait ses tempes de ses doigts. « Albion ! Albion ! » implorait-il d'un ton de supplique. Le contact, la communication avec son frère. Il fallait qu'il l'établisse. Albion devait l'aider, user de son pouvoir contre cette fille ! Mais il ne perçut rien d'autre que du bruit, à l'extérieur. Devinant que le voisinage avait été alerté, il prit la fuite, non sans proférer une dernière menace.

— Je te retrouverai, sorcière ! Nous n'en avons pas fini !

Maud courut aussitôt auprès de son père.

Les voisins, les amis étaient là désormais, le médecin qu'ils avaient envoyé chercher n'allait plus tarder. Il fallait juste un peu de patience encore.

Mais Jean-Baptiste Laroche avait déjà trop attendu.

Il mourut dans les bras de sa fille. Il eut au moins le soulagement de savoir qu'elle avait eu le dessus sur son agresseur, qu'elle était saine et sauve. En guise d'au revoir, il ne put que bredouiller une phrase incohérente qui, en d'autres circonstances, aurait prêté à rire, et que Maud attribua au délire provoqué par la fièvre.

Elle devrait, par la suite, longuement s'interroger sur le sens de cette phrase énigmatique.

3

— Comment ça, rien ?

— Rien, je n'ai rien trouvé ! répéta Alban pour la énième fois. Il n'y avait pas de carnet ! J'ai fouillé la maison de fond en comble !

— Et la fille ? fulmina Albion.

— La fille... La fille...

Alban porta en grimaçant la main sur la cicatrice qui barrait sa joue. Il se mit à trembler, effrayé à la fois par le souvenir de ce qui s'était passé et par le châtiment qu'Albion semblait prêt à lui infliger.

— Regarde ce qu'elle m'a fait ! dit-il d'un ton pitoyable, comme un enfant qui vient d'être rossé par un gamin plus fort que lui. C'est une sorcière, elle a des pouvoirs maléfiques ! Je n'ai pas pu lutter contre elle !

Malgré la colère qui l'embrasait, Albion ne riposta pas. Son frère, pour stupide qu'il fût, disait vrai sur ce point. Il ne pouvait pas l'incriminer. Car, alors que lui-même était resté à Paris, tapi dans l'obscurité de sa cave, il avait pu suivre minute par minute les événements qui s'étaient déroulés dans la maison de Jean-Baptiste Laroche. Au moment où cette sorcière – Alban l'appelait ainsi à juste titre – avait saisi la braise ardente à pleine main et l'avait appliquée sur la joue de son frère, Albion avait senti sa propre chair déchirée par la brûlure. À la différence près que pour lui, la douleur avait été négligeable, une broutille.

Si seulement il avait pu être présent cette nuit-là ! Il aurait été en mesure d'affronter et de maîtriser la jeune sorcière sans la moindre difficulté ! Il aurait fait parler ce Jean-Baptiste de malheur avant de le tuer et il aurait ramené sa fille. Mais la calamité dont il était frappé depuis la naissance le contraignait à déléguer la besogne au lieu de s'en charger lui-même. Interdiction formelle lui était faite de sortir. Il ne pouvait affronter la lumière. La lumière lui faisait mal ! La lumière annihilait toute sa volonté, toute sa force ! Le moindre rayon de soleil pouvait lui être fatal. Il résistait à la douleur provoquée par une lame enfoncée dans ses entrailles, mais pas à celle du jour. Odieux paradoxe !

Infirmité dans le monde des humains, supériorité au royaume des Ombres.

Il devait s'en accommoder en attendant le jour

où les Ténèbres régneraient enfin, où l'équilibre serait rétabli.

Il se détourna d'Alban et sillonna la cave.

— Comment se fait-il que cette fille, la fille d'un simple forgeron, soit investie de tels pouvoirs ? s'écria-t-il, réfléchissant à haute voix... Serait-ce parce que... (ses yeux s'illuminèrent soudain) parce qu'elle les tient de sa mère ? Oui, c'est cela ! Je me suis renseigné sur ce Jean-Baptiste Laroche, il s'est marié avec une étrangère, une Orientale ! Comme... Comme dans la légende du chevalier de Sidon !

De plus en plus excité, Albion se dirigea vers une table où s'entassaient d'innombrables piles de parchemins parmi lesquels il fouilla d'une main fébrile. Ayant trouvé celui qu'il cherchait, il en lut un passage :

— *Un chevalier de Sidon s'était épris d'une jeune fille, mais celle-ci fut enlevée par la mort avant qu'il pût la conquérir. Le soir même de l'enterrement, fou de désir, le chevalier ouvrit la tombe et assouvit sa passion sur le corps de la vierge disparue. Alors une voix venue on ne sait d'où lui dit : « Reviens dans neuf mois, tu trouveras une tête, fille de tes œuvres ; ne te sépare jamais de cette tête, car elle te procurera tout ce que tu peux désirer. » Au terme fixé, le chevalier ouvrit de nouveau la tombe et recueillit entre les cuisses décharnées de la morte une tête dont la possession lui permit d'accomplir des prodiges.* La clé serait-elle dans l'interprétation de cette légende ? Faut-il établir un parallèle entre ce Laroche et le chevalier de Sidon, amoureux d'une femme, morte prématurément ? ... L'épouse de Laroche elle aussi est morte prématurément, et elle a donné naissance à une fille...

Albion interrompit sa réflexion pour inspecter le reste de ses documents.

– Là ! dit-il en brandissant un autre parchemin. Lors de la grande rafle des Templiers organisée par Philippe le Bel, un objet d'une grande valeur fut saisi. Il s'agissait d'une tête de femme, en or, creuse, contenant un crâne de petite fille enveloppé dans une étoffe aux couleurs de l'Ordre. Une étiquette y était cousue, portant l'inscription *« Caput LVII m ». « Caput »* signifie « tête » en latin. Et LVII ?

Il se mit à arpenter la cave à grands pas, comme il le faisait chaque fois qu'il se sentait sur le point de faire une découverte importante. Il se déplaçait rapidement, les pans de sa longue robe dissimulant ses pieds, on avait l'impression qu'il glissait sur le sol.

– LVII. Je croyais jusqu'à aujourd'hui qu'il s'agissait d'un chiffre, une classification parce que l'objet avait été répertorié, mais... S'il fallait séparer le « L » et le considérer, non comme un chiffre, mais comme une lettre ? Ce « L » pourrait être l'initiale de « Laroche » ! Quant au « m »... « m » comme « *mater* », « mère » en latin...

Alban se racla timidement la gorge, voulant ainsi signifier qu'il avait quelque chose à dire. Plongé dans sa réflexion, Albion ne l'entendit même pas. Bien qu'il n'eût rien compris à cette histoire de légende, encore moins au raisonnement de son frère, Alban décida d'intervenir sans attendre d'autorisation.

— Ce « m » peut signifier autre chose, risqua-t-il.

Albion le foudroya du regard avant de se précipiter vers lui, la main levée dans l'intention de le gifler. Cet imbécile avait déjà lamentablement raté sa mission, comment osait-il à présent l'interrompre dans un moment aussi important ? Comment serait-il en mesure de savoir quoi que ce soit, lui qui savait à peine lire !

— La fille de Laroche s'appelle Maud ! cria Alban.

Albion retint sa main.

— Tu en es sûr ?

— Parfaitement sûr. J'ai entendu son père l'appeler ainsi quand j'étais caché dans la maison !

— « M » comme « *mater* », et « m » comme « Maud » ! Magnifique !

Albion abaissa doucement sa main et, au lieu de gifler son frère comme il en avait eu l'intention, il caressa sa joue, précisément à l'endroit où se trouvait la brûlure.

— Magnifique ! répéta-t-il. Cela signifie que Maud Laroche est l'Élue. Celle qui nous donnera la clé du mystère des Templiers, celle qui nous dévoilera l'endroit où se cache leur trésor, celle qui me guidera jusqu'au lieu de Dieu, le lieu du pouvoir absolu ! ... Il me la faut, Alban ! Repars ! Repars séance tenante et ramène-moi cette fille ! Je veux sa tête !

— Mais...

— N'aie crainte, le coupa Albion, devinant ses pensées. Je vais te munir de ce qu'il faut pour annihiler ses pouvoirs, précisa-t-il en désignant d'un geste le coin de la cave où s'alignaient des étagères bourrées de fioles et de flacons. Cette fois, tu la maîtriseras sans difficulté !

4

Maud portait un œil morne sur le paysage qui défilait derrière la vitre de la calèche. Elle avait l'impression que, depuis sept jours qu'elle voyageait, c'était la même vision qui se répétait à l'infini, comme si on avait glissé un dessin sur le carreau en guise de décor. Elle ne discernait aucune différence entre les diverses régions qu'elle traversait. Partout, lui semblait-il, c'était la même campagne, morne, fade, triste. Parce que ce n'était plus chez elle.

Elle roulait en direction de Paris et n'en éprouvait aucune joie. Pourtant, il y avait bien, par moments, ce frisson d'excitation qui la parcourait, lorsque, pour un très bref instant, elle parvenait à oublier le chagrin lié à la mort de son père. Paris, la capitale ! Paris, la ville où vivait le Renard ! Elle aurait été si heureuse de ce voyage, en d'autres circonstances.

Juste après l'enterrement de son père, un homme avait frappé à sa porte – celui-là même qui conduisait la voiture. Une espèce de grand escogriffe, tout de noir vêtu, doté d'un long visage au teint de papier mâché. Après l'avoir saluée une dizaine de fois avec force courbettes en lui donnant du « chère mademoiselle *de* Laroche », il lui avait montré toutes sortes de documents. Parmi eux se trouvait une lettre, signée d'un certain comte de Laroche, qui se disait le grand-père paternel de Maud et la réclamait auprès d'elle. Impossible, avait aussitôt rétorqué Maud, il y avait une erreur, il devait s'agir d'une homonyme. Et, sans autre façon, elle avait claqué la porte au nez du bonhomme.

Qui était revenu à la charge. « Cependant, mademoiselle de Laroche, avec tout le respect que je vous dois, il vous faut considérer l'authenticité de... » Malgré les sceaux apposés sur d'autres papiers que le grand échalas avait sortis d'une vieille sacoche poussiéreuse, Maud était restée sur ses positions. Non, elle n'avait pas de grand-père ! Elle l'aurait su, tout de même ! Son père lui en aurait parlé ! Or jamais Jean-Baptiste ne lui en avait soufflé mot. On ne se découvre pas un grand-père comme ça, du jour au lendemain, par un tour de passe-passe ! C'était une honte de la déranger en un pareil moment ! Qu'on la laisse en paix ! Qu'on ait la décence de respecter son chagrin ! Maud ayant rapidement cédé à la colère, le bonhomme avait dû abdiquer. D'autant que la jeune fille tenait à la main une enclume et brassait l'air avec de grands gestes. Il valait mieux éviter un mauvais coup, un accident était si vite arrivé. (Maud était effectivement en train de flâner dans la forge de son père au moment où l'intrus avait frappé à la porte. Elle caressait rêveusement les outils de Jean-Baptiste et avait machinalement gardé une enclume à la main.)

– Bien, très bien, mademoiselle de Laroche, veuillez me pardonner, croyez bien que... euh... je n'avais nullement le désir de vous importuner, bien au contraire... Il semble nécessaire que vous... euh... prissiez un instant de réflexion... sachez néanmoins que je séjournerai à l'auberge, le temps que... euh...

Maud l'avait flanqué dehors avant qu'il n'arrive au bout de sa phrase à rallonge.

Et puis la nuit était tombée.

Et puis les amis et voisins étaient rentrés chez eux.

Et puis Maud s'était retrouvée seule. Dans la maison silencieuse, vide, insupportable en l'absence de son père. Elle n'avait rien à faire : pas de repas à préparer, pas de table à débarrasser. Personne à qui parler. Devant la cheminée, le fauteuil où son père aimait se reposer était là, à attendre le retour de son propriétaire. Sauf qu'il n'y aurait pas de retour. Plus jamais. Maud s'était alors réfugiée dans sa chambre. Impossible de trouver le sommeil. Lorsque, par moments, vaincue par la fatigue, elle s'assoupissait, elle ne tardait pas à se réveiller en sursaut, croyant avoir entendu un bruit, en bas. À moitié inconsciente, elle se figurait que c'étaient les pas de son père et son cœur était transporté de joie. Mais non. Les brumes du sommeil s'estompaient et la réalité refaisait surface. Cruelle, impitoyable. Maud n'entendrait plus jamais les pas de son père, que ce soit dans la maison, ou ailleurs. Plus jamais elle n'entendrait sa voix. Elle était désormais orpheline.

Orpheline.

Plus de mère. Plus de père.

Alors, un grand-père, ce serait peut-être...

Maud devait savoir qui était ce mystérieux comte de Laroche. Obéissant – comme toujours – à une impulsion, elle sortit en pleine nuit et se rendit à l'auberge, fermement décidée à s'entretenir avec l'étranger. Il dormait, lui dit-on. Eh bien, qu'on le réveille ! Et comme ce réveil s'étirait trop en longueur à son goût, Maud fit irruption dans la chambre du malheureux, qu'elle surprit au saut du lit, en chemise et bonnet de nuit.

— Alors, c'est quoi au juste, cette histoire de grand-père ? demanda-t-elle sans autre formalité.

— Croyez bien que... euh... je suis prêt à tout vous expliquer, mademoiselle de Lar...

— Maud ! Je m'appelle Maud ! Arrêtez avec vos « mademoiselle de » !

— Oui, mad... Euh... Pourriez-vous juste m'accorder un instant ? Que je puisse... euh... me présenter à vous plus décemment ? implora le bonhomme en se contorsionnant, essayant d'étirer les pans de sa chemise jusqu'à ses mollets, qu'il avait maigres et imberbes.

— Ah !

Maud n'était, pour sa part, pas du tout gênée que le bonhomme fût en petite tenue, mais elle concéda que la réciproque n'était pas forcément vraie.

— Bien sûr ! Faites ! Faites !

Alors que son hôte lui indiquait la porte d'un timide geste de la main, Maud se contenta de se tourner, le temps qu'il enfile un vêtement. Puis, s'asseyant sur le lit – alors qu'il lui avançait une chaise – elle se mit en devoir de l'écouter.

Il ressortit du récit de Roger – tel était le prénom du bonhomme, son nom, Maud ne le retint pas – que Jean-Baptiste Laroche s'était, dans sa jeunesse, brouillé avec son père, le comte de Laroche. Il était revenu d'un voyage en Orient en compagnie d'une étrangère avec laquelle il désirait se marier. Le comte de Laroche s'était violemment opposé à ce mariage, le fils, de son côté, avait tenu tête. Le père avait menacé son fils de le renier, mais Jean-Baptiste avait pris les devants. Abandonnant sans hésitation titres de noblesse et richesse pour avoir le bonheur d'épouser celle qu'il aimait, il s'était exilé dans le Périgord où il avait exercé le métier de forgeron pour subvenir aux besoins de sa famille. Toutefois, si le comte n'avait plus jamais repris contact, il avait souffert de cette séparation et n'avait pas manqué de se tenir informé de ce que devenait son fils. Il avait appris la naissance de Maud, la mort de sa mère, et, récemment, le décès de Jean-Baptiste, qui l'avait plongé dans une grande affliction. Sachant que sa petite-fille se retrouvait seule, il voulait à présent veiller sur elle.

Lorsque Roger en eut terminé, Maud demeura songeuse. De la position assise, elle passa à la position allongée, augmentant la gêne de Roger, qui n'était pas habitué à voir dans sa couche une personne si jeune et si séduisante. Il lui proposa de consulter les documents officiels, mais Maud refusa. Elle n'avait nul besoin d'une confirmation écrite. Les faits que Roger lui avait rapportés étaient authentiques, elle en avait l'intime conviction. Si Jean-Baptiste avait passé sous silence ses origines nobles et la brouille qui l'avait opposé à son père, il lui avait en revanche souvent parlé de son voyage en Orient. Il lui avait maintes fois raconté sa rencontre avec sa mère. De celle-ci, Maud ne gardait que des souvenirs imprécis. Lorsqu'elle tentait de se remémorer son visage, il demeurait flou, comme lorsqu'on regarde une image immergée sous l'eau. En revanche, Sevda – tel était son prénom – lui apparaissait souvent en rêve. Elle prenait alors l'allure de la célèbre Schéhérazade, la fameuse princesse orientale, et s'entretenait avec Maud dans sa langue, l'arabe. Le temps de son rêve, Maud comprenait cette langue qu'elle n'avait pourtant jamais apprise, mais au réveil, tout s'effaçait brusquement. Si elle parvenait à mémoriser les paroles de sa mère, elle ne les comprenait plus, elles lui trottaient dans la tête comme les paroles d'une chanson... Enfin, à en croire ceux qui avaient connu Sevda, Maud lui ressemblait beaucoup, elle avait hérité de ses cheveux noirs, de son teint mat, de son goût pour la lumière et le soleil.

Roger disait vrai, nul doute possible. Le comte de Laroche était bien son grand-père. Dès lors, Maud ne tarda plus à prendre une décision : quitter sa maison, ses amis, le pays de son enfance, serait douloureux, certes, mais il valait mieux tirer un trait, tourner la page, et accepter l'affection d'un grand-père. Sans compter que – l'idée lui traversa l'esprit en provoquant un serrement de cœur – Paris était la ville où vivait l'assassin de son père. Paris seul pourrait être le lieu de sa vengeance.

— Très bien, Roger ! Tenez-vous prêt demain à la première heure ! déclara-t-elle en se levant d'un bond.

Maud rentra chez elle, fit ses bagages et le lendemain, elle dit adieu à ceux qu'elle aimait.

Le voyage arrivait maintenant à son terme. Roger descendit de voiture et vint frapper au carreau de la portière avant de l'entrouvrir.

— Prête, mademoiselle Maud ? demanda-t-il.

Il voulait s'assurer que tout allait bien avant de s'engager dans le domaine du comte. Une attention délicate de sa part. Une de plus, car il n'en avait pas manqué durant tout le trajet. Le tempérament sociable et spontané de Maud aidant, Roger s'était rapidement débarrassé de ce côté obséquieux et ampoulé qui avait rebuté la jeune fille au premier abord. Il s'était révélé un compagnon agréable, qui répondait volontiers à ses nombreuses questions. Au fil de leur conversation, ils s'étaient tous deux découvert une passion commune : les chevaux. Roger cumulant les fonctions de cocher et de garçon d'écurie, il avait à charge de s'occuper des chevaux du comte, auxquels il consacrait tout son temps. Il en parlait d'ailleurs comme s'il s'agissait des siens, mieux, comme s'il s'agissait de ses enfants. Il se révéla intarissable à ce sujet, fut ravi d'apprendre que Maud savait monter, et lui promit de magnifiques promenades une fois que, avec l'accord de son grand-père, elle aurait choisi sa monture. Cette perspective emplit la jeune fille de joie et contribua à lui donner du courage pour envisager d'un bon œil sa nouvelle vie.

— Alors, on y va, mademoiselle Maud ? répéta Roger.

— Eh bien... euh...

Voilà que, sous l'effet de la nervosité, Maud était affligée du même tic que Roger, alors qu'elle l'avait maintes fois raillé à ce propos. « Est-ce que vous vous rendez compte que vous ne pouvez pas aligner trois mots sans dire “euh” ? Si on ajoute un “m”, ça donne “meuh”, à croire que vous vous occupez de vaches et non de chevaux ! »

Renonçant à parler, Maud s'efforça de sourire en guise d'assentiment. Mais le cœur n'y était pas. Elle avait plutôt envie de répondre par la négative. Elle avait soudain envie de prier Roger de rebrousser chemin, de la ramener chez elle, dans son pays, là où il faisait chaud, là où le soleil était généreux. Parce que, ici, le ciel était gris et menaçant, parce qu'elle frissonnait dans sa petite robe de coton, beaucoup trop légère pour le climat parisien.

Roger comprit l'inquiétude de la jeune fille.

— Tout ira bien, mademoiselle Maud, rassurez-vous ! Vous êtes... euh... jolie comme un cœur, dit-il.

Et son visage, si pâle d'ordinaire, s'enflamma, devint rouge comme une pivoine. Honteux de son audace, il s'empressa d'aller ouvrir la grille, reprit les rênes et s'engagea lentement dans le parc.

Le parc. Était-ce un mot suffisant pour nommer ce que les yeux émerveillés de Maud virent à cet instant ? Bien qu'elle n'en aperçût qu'une partie, la jeune fille devina qu'il s'étalait sur des centaines d'hectares. Allées couvertes d'un gravier qu'on aurait cru lavé et frotté à la main tant il était immaculé, haies d'arbres d'une hauteur impressionnante, bosquets, parterres fleuris organisés dans une explosion de couleurs, jets d'eau, statues, portions de pelouses qui s'étalaient comme autant de tapis que Maud eut une envie irrépressible de fouler pieds nus. Plus tard, peut-être, en aurait-elle l'occasion... Quant au château lui-même, il dépassait tout ce qu'elle avait pu imaginer. Tourelles, frontons, colonnes, balustrades, balcons, fenêtres... Combien y en avait-il, de ces immenses fenêtres ? Impossible de les compter, elles étaient bien trop nombreuses. L'inquiétude de Maud allait croissant, la jeune fille se mit soudain à secouer la tête, comme si elle était prise d'un tic nerveux. Il devait y avoir une erreur… Roger avait dû se tromper, au lieu de la conduire chez son grand-père, il l'avait déposée... à... Versailles ! Elle s'apprêtait à le lui dire, mais n'en eut pas le temps. Ayant déjà ouvert la porte, Roger l'invitait à descendre.

Et là, Maud se trouva face à une vingtaine de personnes, alignées en rang d'oignons. Les hommes d'un côté, les femmes de l'autre. Ils étaient tous impeccablement habillés. Ce qui ne fit que confirmer les soupçons de Maud. Elle se trouvait bien à Versailles ! Mon Dieu ! De quoi avait-elle l'air, avec sa misérable robe de coton gris pâle, froissée par le voyage ? Avec ses cheveux emmêlés par le vent qui s'échappaient de sa petite coiffe de toile blanche ? Tandis qu'elle avançait, essayant de se fixer sur la seule et unique tâche de parvenir à mettre un pied devant l'autre, elle vit que, alors qu'elle passait devant elles, les femmes lui faisaient une révérence. Quant aux hommes, ils s'inclinaient. Nouvelle erreur ! Tous ces nobles – la cour du roi au complet – se fourvoyaient eux aussi et la prenaient... pour la reine ! Elle se tourna et chercha Roger des yeux. Disparu. Évaporé. Il avait pourtant dû se rendre compte de son erreur ! Et il devait la réparer ! Mais un homme, plus vieux que les autres, à en croire ses cheveux blancs soigneusement noués en catogan sur la nuque, se détacha du groupe et s'avança vers elle. Nouvelle inclinaison du buste, à laquelle Maud répondit par une révérence. Du moins tenta-t-elle ce qu'elle pensait être une révérence mais, voulant faire glisser son pied droit derrière le gauche en dessinant un arrondi, elle l'imprima trop profondément dans le gravier, buta sur un caillou et perdit l'équilibre. Sans le secours d'une femme qui, spontanément, lui saisit le poignet, elle se serait retrouvée les quatre fers en l'air. Cependant l'incident ne provoqua aucune réaction désobligeante. Pas un rire, pas même l'esquisse d'un sourire. Ils étaient tous restés de marbre. De vraies momies.

— Si mademoiselle veut bien se donner la peine

de me suivre, monsieur le comte attend mademoiselle dans le salon.

L'homme parlait comme Roger. Le Roger du début, avant qu'il ne devienne l'ami de Maud, avec ces phrases si longues que, une fois arrivé au bout, on en avait oublié le début.

Maud le suivit à l'intérieur. Elle se serait volontiers attardée dans le vestibule, à contempler tout ce qu'il contenait de merveilleux objets – porcelaines, statues, bronzes, tableaux. À admirer le sol, couvert d'un marbre dessinant un damier noir et blanc, si brillant que Maud pouvait apercevoir son reflet. À monter ce magnifique escalier qui s'envolait vers des hauteurs vertigineuses... Mais l'homme ouvrit une porte, et Maud dut en franchir le seuil sans tarder.

Le comte de Laroche était là, qui l'attendait. Debout au centre d'une vaste et luxueuse pièce que Maud ne fit qu'apercevoir au travers d'une manière de brouillard, car dès lors que ses yeux se posèrent sur lui, ils ne le quittèrent plus.

Pendant le voyage, elle avait maintes fois pensé à ce moment. Elle s'était imaginé une scène, qu'elle avait nommée « retrouvailles » et l'avait même jouée. Chaque soir, à l'occasion d'une étape dans une auberge, une fois seule dans sa chambre, elle avait répété son rôle face à un partenaire fictif. La scène était la suivante : Maud marquait un bref instant d'hésitation en découvrant son grand-père – le rôle de celui-ci étant tenu pour la circonstance par une armoire, un coffre ou tout autre meuble –, elle s'efforçait de refouler des larmes de joie, puis elle courait dans ses bras en s'écriant : « Grand-père ! Je suis si contente que vous m'ayez retrouvée ! » Ce à quoi l'armoire ou le coffre ne manquait pas de répondre : « Moi aussi mon enfant ! Plus rien ne nous séparera désormais ! » Elle apportait parfois une variante au déroulement de la scène : devinant qu'elle n'osait pas courir, c'était son grand-père qui s'avançait vers elle et la serrait dans ses bras.

De ce grand-père fictif, elle s'était brossé un portrait. Rien de plus facile. Il lui avait suffi de prendre comme support l'image qu'elle gardait de son père et de la moduler en la vieillissant. Jean-Baptiste était grand, élancé, ses larges épaules et ses mains épaisses témoignaient de la force qu'il exerçait chaque jour à la forge. Un sourire flottait toujours au coin de ses lèvres, un sourire un peu moqueur qui annonçait les plaisanteries dont il était coutumier. Il avait une opulente chevelure châtain qu'il ne prenait pas toujours le temps de nouer et laissait flotter sur ses épaules. Des sourcils d'une nuance plus foncée que ses cheveux, très fournis, pouvaient lui donner un air sévère, mais n'entamaient en rien la douceur de son regard, en tout cas lorsqu'il posait les yeux sur sa fille. Ainsi, dans les pensées de Maud, les cheveux châtains avaient blanchi, les sourcils s'étaient clairsemés, quelques rides s'étaient creusées au coin de la bouche, mais celle-ci souriait toujours, des ridules marquaient le contour des yeux et accentuaient la douceur du regard, la taille était un peu moins haute, les épaules, légèrement voûtées. Bref, il s'agissait de Jean-Baptiste, avec trente ans de plus.

Or l'homme que Maud découvrit ne correspondait pas à ce portrait. Le comte était grand, certes – pratiquement autant que son fils – mais il n'était pas du tout voûté. Bien au contraire, il se tenait extrêmement droit, autant que s'il cherchait à toucher un point invisible du haut de son crâne. Ses cheveux étaient blancs, oui, mais on ne reconnaissait en rien la crinière indisciplinée de son fils – il s'agissait d'ailleurs d'une perruque savamment roulée en boucles au-dessus des oreilles. Si rides il y avait autour de la bouche et des yeux, elles étaient estompées par la poudre qui couvrait son visage. Le regard était dur et l'homme ne souriait pas. Maud ne trouva aucune ressemblance avec son père. S'étant ainsi figuré une forme de réincarnation de la figure paternelle, elle fut déçue, pire, meurtrie, elle eut l'impression qu'on lui annonçait une seconde fois la mort de Jean-Baptiste.

De son côté, le comte dut lui aussi comparer la petite-fille issue de son imagination avec celle qui se présentait devant lui. Et force lui fut de constater que l'une et l'autre étaient différentes.

Certes, il avait bien pris en compte que Maud

était de modeste condition, qu'elle était la fille d'un forgeron habitant un petit village, et il s'était bien figuré qu'elle avait été élevée comme telle. Il fut néanmoins choqué de la voir ainsi vêtue de ce qu'il considérait comme des hardes, de constater que ses jeunes servantes étaient mieux coiffées qu'elle, moins négligées. Il fit cependant l'effort de passer outre : ces détails vestimentaires n'avaient pas d'importance, d'ici quelques heures à peine, Maud serait habillée et coiffée selon son rang. En revanche, ce à quoi il n'était pas du tout préparé, ce qui le frappa dès l'instant où Maud franchit le seuil de la pièce, ce fut la ressemblance sidérante qu'il lui trouva avec cette étrangère dont son fils s'était entiché et qu'il avait eu lui-même l'occasion de voir une fois. Cette chevelure épaisse et noire comme du jais, cette carnation dorée, ce corps dont on devinait trop aisément les lignes voluptueuses, Maud les tenait de sa mère. Elle n'était pas une de Laroche pur sang. Quant à l'héritage paternel, il se situait – c'était pour le comte l'évidence même – au niveau du caractère. Malgré la timidité que manifestait la jeune fille, il y avait dans son regard, dans son attitude, une arrogance contenue mais qui n'allait pas tarder à se manifester haut et fort, le comte le pressentait. Car la jeune effrontée ne fixait pas le sol, comme elle aurait dû le faire. Non, menton relevé, elle le regardait droit dans les yeux, sans ciller. Elle se tenait par ailleurs exactement à l'endroit où Jean-Baptiste lui était apparu pour la dernière fois. Lorsqu'il l'avait invectivé si vivement, lorsqu'il avait décidé de quitter son toit. Le comte avait l'impression que les murs résonnaient encore de l'écho de sa voix.

Il s'empressa de chasser ce souvenir. À quoi bon ressasser le passé ? Il fallait désormais se tourner vers l'avenir. Il y avait du travail, beaucoup de travail pour faire de cette jeune sauvageonne sa véritable petite-fille, mais la tâche n'était pas impossible. Il n'y avait en tout cas pas de temps à perdre.

— Je suppose que vous devez être fatiguée après cette longue route, dit-il. On va vous montrer votre chambre, vous pourrez vous y reposer quelques heures. Nous nous retrouverons ensuite pour le souper.

S'il était heureux de voir Maud, de l'accueillir sous son toit, de soulager sa solitude, le comte ne jugea pas utile de le lui préciser.

5

La chambre de Maud était somptueuse, immense, doublant à elle seule la superficie de la maison que la jeune fille avait occupée avec son père. Mais peu importait son luxe. Le détail le plus important, celui qui accrocha le regard de Maud en premier lieu, ce fut la fenêtre. (Bien plus que le somptueux lit à baldaquin, si large qu'il pouvait accueillir une famille entière, l'imposant coffre à linge en bois d'ébène, l'élégant secrétaire, les moulures recouvertes d'une fine couche d'or qui ornaient le plafond.) Cette fenêtre, haute, à double battant, était synonyme de lumière, de soleil. Et pourquoi pas… d'évasion. Car, à peine arrivée, l'idée de fuir germait déjà dans l'esprit de Maud.

Pour l'heure, le soleil était absent et la lumière, parcimonieuse. Le ciel, de plus en plus menaçant – on entendait le tonnerre gronder au loin – pesait sur le parc comme un couvercle. Le premier geste de Maud fut d'aller ouvrir cette fenêtre qui l'attirait comme un aimant. Malheureusement, la largeur de la pièce aidant, l'orage la devança et Maud se vit contrainte à coller le nez sur la vitre pour regarder la pluie tomber à verse, telle une petite fille punie, consignée dans sa chambre.

De fait, il y avait un peu de cela. Elle devait se reposer, avait dit son grand-père. « Grand-père », mot inapproprié, jugea Maud. Un grand-père digne de ce nom ne se comportait pas comme l'avait fait le comte de Laroche. Quelle sécheresse ! Quelle froideur ! Son accueil lui avait fait le même effet qu'un seau d'eau glacée qu'on lui aurait versé sur la tête. Ce qui avait suffi à la débarrasser de toute sensation de fatigue. L'ennui se faisait déjà sentir de façon cruelle. À quoi allait-elle bien pouvoir s'occuper, ici ? Enfermée dans cette prison dorée ?

La chambre donnant sur l'arrière du château, Maud vit Roger qui passait, en bas. Tenant un cheval par la bride, il traversait une grande cour pavée. Sans qu'elle eût à faire un geste, Roger leva la tête dans sa direction. Portant la main en visière à son front, il essaya de repérer si sa compagne de voyage était là, mais la pluie le gênait. Sans crainte de se mouiller, Maud s'empressa d'ouvrir la fenêtre et se pencha sur la rambarde pour lui signaler sa présence. Roger agita aussitôt sa longue main osseuse en guise de salut, son visage s'éclaira d'un grand sourire puis, caressant l'encolure du cheval, il lui fit tourner la tête vers la fenêtre en lui indiquant du doigt la jeune fille, comme s'il demandait à l'animal de la saluer lui aussi. Il fit ensuite toute une série de grands gestes, se livrant à une véritable pantomime à l'issue de laquelle Maud comprit qu'il lui montrait l'emplacement des écuries, au bout de l'aile droite, et l'engageait à venir les visiter. Maud entendait bien lui répondre. Et pas seulement par gestes. Elle mit les mains en porte-voix autour de sa bouche, s'apprêtant à crier pour lui demander de l'attendre, car elle comptait descendre sans tarder, lorsque tout à coup, Roger baissa la tête, la rentra piteusement entre ses épaules et lui tourna le dos pour poursuivre son chemin. Le comte l'avait-il surpris ?

Une voix retentit derrière Maud.

— Oh ! Celui-là ! Avec ses maudits chevaux ! Vite, rentrez mademoiselle, vous allez vous tremper !

Une main robuste l'attira à l'intérieur et referma la fenêtre. Outrée par cette marque de brutalité, Maud, toutes griffes dehors, s'apprêtait à riposter que si elle désirait se mouiller, c'était son affaire, et que personne ne l'empêcherait d'aller rejoindre Roger séance tenante. Mais elle fut prise de vitesse.

— Je suis la femme de Roger !

C'était déjà suffisant pour freiner la colère de Maud. La suite la rassura pleinement.

— Enfin, sa femme, si on veut ! Parce que mon Roger, il préfère dormir à l'écurie avec ses bêtes que dans mon lit, la plupart du temps... Bonjour, mademoiselle Maud, je m'appelle Martha, je suis bien contente de faire votre connaissance et je suis là pour vous servir !

Ça, c'était un accueil que Maud appréciait. Pas de phrase à rallonge, pas de courbette, pas de cérémonie. Et enfin, une formule de bienvenue ! Enfin un sourire sincère ! Cela lui fit chaud au cœur. Elle était cependant loin d'imaginer que Roger pût être marié (il ne lui en avait pas soufflé mot pendant le voyage) et qui plus est, à une femme aussi différente de lui. Autant Roger était maigre, long comme un jour sans pain, d'une pâleur à rendre jaloux un spectre, autant Martha était petite, grassouillette, et dotée d'un teint rose qui respirait la santé – et disait aussi qu'elle appréciait le bon vin. Autant Roger se montrait réservé, silencieux, perdu dans ses pensées, autant Martha était avenante, énergique, sociable et... affreusement bavarde. De ce point de vue, Maud, qui pourtant n'avait pas sa langue dans la poche, se trouva battue à plates coutures, car à partir du moment où Martha ouvrit la bouche, elle ne la ferma quasiment plus. Tout en déballant les bagages de sa jeune maîtresse, s'activant dans la pièce, la sillonnant d'un bout à l'autre d'un pas vif, elle ne cessa de parler.

Ah, ça ! Mais qu'avait donc fait Maud à son cheval de mari ? Hein ? Lui qui d'ordinaire était si taciturne, il était rentré de son voyage tout émoustillé, gai comme un pinson, il n'avait pas arrêté de s'extasier. Cette Maud, c'était une petite jeune fille qui avait tant de qualités d'âme, il fallait la choyer, la dorloter, avait-il insisté, car la pauvre petite était malheureuse, elle venait de perdre son papa. Comme si Martha avait attendu ses conseils pour savoir qu'elle devait prendre soin de Maud ! Et à propos de conseils, il ne fallait surtout pas que la demoiselle prenne peur du comte. Il était un peu revêche au premier abord, rigide... coincé, on pouvait le dire comme ça, sans manières, mais c'était un bon maître, lui aussi avait des qualités de cœur, et lui non plus, la vie ne l'avait pas épargné. Bah, en un mot, c'était un noble, et avec les nobles, il fallait respecter une sorte de code. Une fois qu'on avait pris le pli, on s'en sortait, question d'habitude. En tout cas, si monsieur le comte se montrait trop dur, Maud n'aurait qu'à prendre le chemin de la cuisine où elle pourrait lui parler sans détour, mais en cachette, bien sûr, parce que sinon, elles en découdraient toutes les deux.

Alors que Maud désespérait de pouvoir placer un mot dans ce flot ininterrompu de paroles, Martha s'arrêta net.

— Ben, ça alors, j'ai jamais rien vu de plus beau ! s'exclama-t-elle.

Et sa bouche resta ouverte, en l'état, dessinant un « O » qui traduisait son admiration. Elle venait, après avoir déballé les vêtements de Maud, de sortir le bien le plus précieux que possédait la jeune fille. Une robe qui appartenait à sa mère. Avec un carnet de poèmes arabes, c'était là le seul héritage que Sevda lui avait légué. Ce n'était pas exactement une robe, mais plutôt un ensemble constitué d'un bustier et d'une longue jupe. Le bustier était entièrement incrusté de perles et de pierres multicolores. La jupe, taillée dans une soie de qualité exceptionnelle, très ample, vaporeuse, se resserrait au niveau des chevilles, créant l'effet d'un pantalon bouffant. Un grand voile transparent, brodé de fils d'or, destiné à couvrir les épaules, complétait la tenue.

— Ça vient d'où ?

— De loin, Martha. De très loin, d'Orient, répondit Maud. Cette robe appartenait à ma mère. Je crois que ma mère était... une sorte de princesse dans son pays.

— Ah ! C'est vrai que votre père est allé voyager jusque là-bas ! J'étais pas au service de monsieur le comte à cette époque, mais j'ai entendu causer de l'affaire... En tout cas, rien qu'à vous voir, y a pas à hésiter pour savoir que votre papa a bien fait de ramener votre maman de là-bas ! Ma foi ! Ils ont bien travaillé tous les deux, si vous voyez ce que je veux dire, ajouta Martha avec un clin d'œil entendu.

— En plus, regarde !

Maud retira l'une des pierres qui ornaient le bustier, la plus grosse, une magnifique topaze. Au premier regard, il ne s'agissait que d'une simple broche, mais lentement, savourant son effet par avance, Maud fit pivoter la pierre sur son socle qui se déplia et se transforma en poignard.

— Eh ben ! s'écria Martha.

— J'ai découvert ce mécanisme secret par hasard, expliqua Maud. Je crois que ma mère n'était vraiment pas une femme ordinaire, ajouta-t-elle d'un ton songeur.

— « Qui s'y frotte s'y pique ! » conclut Martha dans un sonore éclat de rire... Bon, je la range avec les autres ?

— Les autres ?

Pour toute réponse, Martha entraîna Maud vers le coffre à linge.

— Regardez un peu ! déclara-t-elle en l'ouvrant.

Maud découvrit alors une impressionnante série de robes toutes plus belles les unes que les autres. Velours, soie, taffetas, broderies raffinées, couleurs chamarrées. Il y en avait pour tous les goûts, pour toutes les saisons. Il y en avait tant que Maud eut l'impression que, même si elle se changeait tous les jours, elle ne viendrait jamais à bout d'une telle collection. Martha ayant rangé juste à côté de cette fabuleuse garde-robe les vêtements qu'elle avait sortis de la malle, la jeune fille eut l'impression que dans le coffre se côtoyaient deux personnes, celle qu'elle était, et celle qu'elle allait devenir. Celle qu'elle *devait* devenir. Aux yeux du comte.

— Pourquoi cette mine sombre, mademoiselle Maud ? s'enquit Martha, percevant que quelque chose n'allait pas. Pour sûr, vous n'avez pas besoin de ces fanfreluches pour être belle, il a bien raison, mon Roger, sur ce point, mais quel mal y a-t-il à profiter des cadeaux qu'on vous fait ? Vous savez, c'est monsieur le comte en personne qui a fait confectionner toutes ces robes. Et faut voir comment il rabrouait les malheureux tailleurs quand il jugeait la besogne mal faite. « Il s'agit de ma petite-fille ! », qu'il répétait sans cesse.

Le comte de Laroche avait donc parlé d'elle comme de sa « petite-fille » ? Surprenant. Maud en fut réconfortée.

— Bon, c'est pas tout ça, mais faudrait songer à vous préparer pour le dîner. Monsieur le comte est très à cheval sur les horaires. Allez, tournez-vous que je vous aide à vous déshabiller ! déclara Martha.

— Oh ! Mais je n'ai pas besoin d'aide, riposta Maud.

Quelle idée ! Elle n'était pas amputée d'un bras ou d'une jambe ! Encore moins impotente ! Elle s'habillait toute seule depuis l'âge de deux ans, pourquoi régresserait-elle à présent ? Sous prétexte qu'elle habitait une riche demeure ? C'était ridicule !

Maud allait joindre le geste à la parole et se débarrasser sans tarder de sa vieille robe car, forte des encouragements de Martha, l'envie la démangeait de passer une de ces fabuleuses tenues, de voir un peu de quoi elle aurait l'air, vêtue comme une grande dame, mais elle se ravisa. Les paroles qu'avait prononcées son père, juste avant de mourir, lui revinrent subitement en mémoire. Ces paroles, elles les avait jugées insolites, incohérentes, elle les avait attribuées à une forme de délire lié à la fièvre que l'infection de la blessure avait provoquée. Jean-Baptiste avait murmuré quelque chose comme : « ... Jamais nue... devant personne. » Soit : « Ne te montre jamais nue devant personne. » Cette phrase paraissait si pauvre de sens, si dérisoire, alors que, sachant qu'il allait mourir, Jean-Baptiste faisait ses adieux à sa fille. Pourtant, il avait rassemblé ses dernières forces pour la prononcer le plus clairement possible. Maud avait lu dans son regard qu'il voulait à tout prix qu'elle tienne compte de cette forme d'avertissement. Voulait-il la mettre en garde contre la convoitise des hommes ? Non, ce n'était pas ça. Maud avait l'intime conviction que son père, à ce moment précis, n'avait pas en tête un simple souci de moralité, mais qu'il lui signalait plutôt un danger.

Restait à savoir lequel.

— Je ne suis pas habituée à... me... enfin... bafouilla-t-elle, sans trouver les mots qui convenaient.

Maud aurait aimé rougir, avoir l'air effarouchée. Or elle n'était pas pudique pour un sou et sa peau mate ne s'enflammait que très rarement. De plus, quel danger pourrait-il y avoir à se déshabiller devant une femme telle que Martha ? Mais les paroles de son père ne cessaient de lui trotter dans la tête, doublées des questions qu'elles engendraient. Au final, le résultat escompté fut obtenu : Martha prit son embarras pour de la timidité.

— Oh ! J'ai compris, mon ange ! déclara-t-elle avec un sourire entendu. À votre âge, on n'aime pas trop se montrer dans le plus simple appareil, rien de plus naturel ! Ou alors... (son sourire se teinta d'une nuance espiègle) on réserve ses trésors pour un autre regard que celui d'une vieille mégère comme moi ! Et ma foi, on a bien raison ! ... Bon, je vais préparer un bain, laissez vos vêtements sales dans un coin, là, par terre, n'importe où, je viendrai les ramasser plus tard, quand vous m'appellerez pour serrer votre corset. Parce que croyez-moi, boucler cet engin-là toute seule, vous pourrez pas y arriver !

Le comte de Laroche fut surpris. Très agréablement surpris par la façon dont le dîner se déroula.

Quels progrès ! Quelle métamorphose ! En quelques heures à peine ! C'était fascinant. Lorsqu'il vit Maud entrer, impeccablement habillée et coiffée, lorsqu'il la vit marcher dignement, à petits pas lents et mesurés, lorsqu'elle s'assit délicatement sur le bord de sa chaise, respectant en tous points le code des bonnes manières, c'est à peine s'il en crut ses yeux. L'élégante personne qui se tenait face à lui, à l'autre bout de la longue table majestueusement dressée, n'avait déjà plus rien à voir avec cette manière de petite sauvageonne qui s'était présentée à lui dans l'après-midi. C'était un réel plaisir de la voir se sustenter de façon si modérée, refusant de se resservir lorsque les domestiques le lui proposaient, et boire comme un oiseau, du bout des lèvres. Certes, cette enfant ressemblait physiquement à sa mère – maudite étrangère qui lui avait arraché son fils ! – cette enfant avait subi la malheureuse influence de son père en vivant en exil, mais c'était bien le sang des de Laroche qui coulait dans ses veines ! Elle était issue de sa noble lignée ! Et il s'en félicitait !

Le comte mangea donc de bon appétit et, rasséréné par la joie de savoir sa demeure dorénavant égayée d'une présence aussi délicieuse, l'esprit occupé par les nombreux projets qu'il concoctait, il ne jugea pas utile de parler. Ce moment de connivence partagé avec la bienséance requise était si agréable, si réconfortant.

Durant tout le repas, on n'entendit guère dans la somptueuse salle à manger que le bruit des couverts qui tintaient délicatement contre la porcelaine des assiettes, la douce musique du cristal et les pas discrets des domestiques qui s'affairaient.

Le comte prit cependant la parole lorsqu'on servit le dessert.

– D'après mes calculs, ma chère Maud (l'enfant, jugea-t-il, méritait bien cette marque de tendresse de sa part), vous devez avoir aux alentours de dix-huit ans. Un âge plus que raisonnable pour envisager votre avenir, pour le construire. L'urgence est de songer à vous marier. L'époux que je vous destine est monsieur le duc de La Volière, un excellent parti, tout à fait digne du rang qui est désormais le vôtre. Il se trouve à la tête d'une immense fortune et à quarante ans, il a atteint la maturité nécessaire à l'union sacrée qu'est le mariage. Nous concrétiserons donc ce projet d'ici une semaine, lors du bal que le duc donnera en votre honneur et auquel je vous accompagnerai. Durant la semaine qui nous sépare de cette date, ô combien importante, vous devrez vous soumettre à un emploi du temps très rigoureux. J'ai convoqué ici même plusieurs précepteurs de renom qui vous enseigneront ce dont vous avez été hélas privée pendant votre enfance. Musique, poésie, danse, maintien, bref, ils vous apprendront les rudiments de l'art du savoir-vivre et feront de vous une jeune aristocrate accomplie qui comblera d'aise son époux.

Après en avoir terminé, le comte attendit quelques instants, taraudé par une vague inquiétude. Il craignait encore que le passé ne se rappelle à lui de façon douloureuse. La fille, imitant le père, allait-elle s'insurger contre sa décision ? En proclamant Dieu sait quelles sornettes, qu'elle avait, par exemple, déjà donné son cœur à quelque bougre de paysan, là-bas, au fin fond du Périgord, son lieu d'exil ? Ou pire, allait-elle proclamer qu'elle entendait choisir son époux ? En un mot, ruiner son avenir comme l'avait fait son écervelé de père ? Il lui faudrait dans ce cas élever la voix, menacer, punir, ce dont il n'avait nulle envie. L'âge devait probablement y être pour quelque chose, mais il préférait désormais éviter les conflits.

Or la chère, la douce enfant ne manifesta pas l'embryon d'une révolte. C'était là une nouvelle et magnifique surprise qu'elle lui réservait. Quelle joie ! Quel bonheur ! Les yeux baissés, une ébauche de sourire aux lèvres, Maud ne prit la parole que pour solliciter, d'une voix fluette et pleine de respect, l'autorisation de quitter la table.

Qui ne dit mot consent.

L'affaire était donc réglée. Nette, sans bavure. Le comte accorda volontiers à sa petite-fille la permission de se retirer. Le voyage avait été éprouvant, Maud devrait le lendemain se lever à l'aube pour honorer son emploi du temps. Elle méritait bien le repos qu'elle réclamait.

Quant à lui, il ordonna qu'on lui servît un alcool dans le petit salon. Un léger écart à la rigueur coutumière de son hygiène de vie, mais diable ! Il fallait bien fêter l'heureux événement.

Le comte se méprenait totalement.

Il est vrai que Maud avait mangé du bout des lèvres, alors qu'elle avait une faim de loup. Vrai encore qu'elle n'avait absorbé que quelques gorgées d'eau, alors que, le gosier desséché par une soif inextinguible, elle aurait volontiers bu la mer et ses poissons. Toujours vrai, qu'elle s'était avancée à petits pas dans cette immense salle à manger, qu'elle s'était assise avec moult précautions sur l'extrême bord de la chaise qu'un domestique lui avançait. Encore plus vrai qu'elle n'avait pas bronché lorsque le comte lui avait annoncé cet odieux projet de mariage à ce monsieur de je-ne-sais-quoi... (Maud n'avait pas mémorisé le nom, elle se souvenait simplement qu'il était ridicule et avait un vague rapport avec les oiseaux.)

Elle avait pourtant cru que le ciel lui tombait sur la tête.

Dans un premier temps, elle avait même pensé que le comte plaisantait. Sauf que le vieux n'avait pas du tout l'air de rigoler. Il était on ne peut plus sérieux lorsqu'il lui avait précisé que son époux était un duc et qu'il était âgé de quarante ans. Autant dire un vieillard ! Un moribond ! Non, le comte de Laroche ne badinait pas en parlant mariage, pourtant – réaction purement nerveuse – Maud avait senti monter en elle un terrible fou rire. (Elle était parvenue, au prix d'un effort douloureux, à le réprimer, mais l'esquisse d'un sourire tremblotant s'était figée sur ses lèvres à ce moment-là et ce détail, entre autres, avait fourvoyé le comte.)

Alors, pourquoi Maud avait-elle mangé si peu ? Bu si peu ? Pourquoi n'avait-elle pas éclaté de rire comme elle en avait eu envie ? Puis hurlé que NON, JAMAIS ELLE NE SE MARIERAIT AVEC UN VIEILLARD AU NOM D'OISEAU ?

Une seule et unique raison à cela : son corset était trop serré. Une bouchée de plus, une goutte d'eau de plus, un mot prononcé plus haut que l'autre et elle faisait éclater le carcan de soie dans lequel Martha l'avait emprisonnée, ficelée comme un vulgaire saucisson. Pire, elle aurait perdu connaissance. Tout le temps qu'avait duré ce maudit repas, la tête lui avait tourné, le souffle lui avait manqué. Elle avait dû faire appel à toute sa volonté pour garder les yeux fixés sur son assiette et ne pas céder au vertige qui menaçait de la faire glisser de sa chaise et l'aurait contrainte à s'affaler, là, par terre, telle une grosse miche de pain.

Lorsqu'enfin Maud eut la permission de quitter la table, ce corset de malheur l'empêcha de courir comme elle en brûlait d'envie pour aller se réfugier dans sa chambre. Elle dut subir une nouvelle torture : gravir lentement, marche par marche, cet immense escalier qui n'en finissait pas de monter – avec, en plus, l'œil du vieux dans son dos. Allez donc savoir pourquoi il avait fallu que le comte se lève lui aussi, qu'il l'accompagne jusqu'au pied de l'escalier, et qu'il reste là, à la regarder ! Craignait-il qu'elle s'enfuie ? Pas avant d'avoir retiré cette maudite robe, en tout cas.

Une fois arrivée dans sa chambre, Maud dut se contorsionner pour saisir le cordon de ce fichu corset. Impossible d'attendre que Martha vienne lui porter secours. Une attente supplémentaire était au-dessus de ses forces. S'aidant d'un miroir, elle se dévissa le cou, batailla, jura, et après de nombreux essais ratés, parvint enfin à se libérer.

Quel soulagement ! Une seconde de plus dans cette prison de tissu et elle agonisait !

Elle respira plusieurs fois de suite, par à-coups, comme si elle venait de faire dix fois le tour du parc en courant. Elle s'allongea ensuite sur le lit, où elle resta un long moment, entièrement nue, attendant que le vertige qui menaçait toujours se dissipe.

C'était si bon d'être nue ! Maud pensa que jamais plus elle ne serait en mesure de s'habiller de nouveau. L'éventualité d'effleurer une étoffe, quelle qu'elle fût, la révulsait. Les idées les plus farfelues lui traversèrent l'esprit. Pour vivre nue, il fallait qu'elle soit seule, d'autant qu'elle devait respecter les dernières volontés de son père. Il fallait donc qu'elle s'enfuie et qu'elle trouve une île déserte... Oui, c'est ça, une île déserte. Là, non seulement elle ne serait pas obligée de s'habiller, mais elle éviterait cet odieux mariage dont il avait été question pendant le dîner. Le mariage ! Ce mot seul suffisait à la rendre folle.

Sa confusion s'atténua peu à peu. Maud recouvra ses forces, au moins celle de se lever et d'enfiler une de ses robes, la plus vieille, la plus élimée qu'elle pût trouver. Formidable ! Le tissu usé jusqu'à la corde était si lâche que c'est à peine si elle le sentait. Sur sa peau meurtrie par le corset, il lui faisait l'effet d'une caresse.

Maud se tourna ensuite vers la fenêtre. Il faisait nuit. Parfait, c'était le moment ou jamais de s'enfuir. Loin, le plus loin possible, n'importe où elle n'entendrait plus parler de mariage. Mais...

Mais elle avait une urgence. Une urgence absolue.

Elle devait manger.

ELLE AVAIT FAIM.

Si faim qu'elle en aurait hurlé.

Elle quitta sa chambre, et après avoir vérifié que le terrain était dégagé, descendit l'escalier à toute volée. Direction : la cuisine.

– Sers-moi quelque chose ! demanda-t-elle à Martha dans un cri.

Cette dernière avait déjà préparé tout ce qu'il fallait. (Elle savait par avance qu'un repas en compagnie du comte ne serait pas en mesure de rassasier la jeune fille.)

Maud s'attabla. Et mangea. Dévora.

Arrachant les cuisses d'un poulet à pleines mains, elle se les fourra dans la bouche, faisant fi des couverts que Martha avait pourtant posés près d'elle. Lorsqu'elle eut englouti le poulet – il n'en restait plus qu'une malheureuse carcasse entièrement désossée – elle s'attaqua aux pommes de terre tout juste extraites des cendres chaudes. Elle les avala sans prendre la peine d'en retirer la peau. Puis elle lécha son assiette tapissée du jus de viande qui y avait dégouliné. Elle mordit aussi à pleines dents dans ce bon pain que Martha avait préparé pour le petit déjeuner du lendemain. (Tant pis ! Martha en ferait d'autre.) Et elle but. Elle but du vin ! Plusieurs verres d'affilée. Quant au dessert, qui lui était passé sous le nez pendant le dîner, parce que, justement, le comte parlait mariage à ce moment-là, elle en prit trois fois. Une crème caramélisée, onctueuse, divine.

Lorsqu'enfin l'estomac de Maud s'estima rempli – ne pouvant plus rien ingurgiter, pas même une miette de pain, sous peine de tout renvoyer – il le manifesta par un rot. Sonore. Énorme. Qui résonna avec force dans la pièce.

Comment une bouche aussi jolie avait-elle pu

expulser un son d'une telle disgrâce ?! Martha, qu'on ne pouvait pourtant pas choquer facilement, en fut tout ébaubie.

Ayant retrouvé le cours de ses pensées, Maud voulut enfin s'ouvrir à sa confidente du sinistre projet que le comte lui avait confié. Il lui fallait absolument envisager des solutions pour parer à la catastrophe qui se préparait. Mais, prise d'une terrible fatigue, Maud se vit incapable de prononcer le moindre mot.

Demain, elle parlerait à Martha.

Demain, elle élaborerait un plan de sauvetage.

Demain, elle s'enfuirait.

Avant, il fallait qu'elle dorme.

Vite ! Vite ! La chambre... le lit... Ses yeux se fermaient déjà.

6

Sa peau est ridée, avachie, affaissée, aussi fripée que l'écorce d'un fruit pourri. Son teint jaunâtre lui donne un air maladif, moribond. Ses épaules sont voûtées, son buste tassé. Il a beau être grimé, poudré, perruqué, vêtu d'un habit d'apparat, il n'en est pas moins repoussant. Depuis qu'il est entré dans l'église, depuis le début de la cérémonie, il n'a fait que dévorer Maud des yeux. Oh ! Ce regard lubrique ! Devant l'ensemble des invités ! Devant le prêtre ! N'a-t-il donc aucune pudeur ? Et ces lèvres pâles et minces – à peine si elles dessinent un trait – mouillées de salive, sur lesquelles flotte un sourire grimaçant. Et ces yeux chassieux d'un gris qu'on dirait délavé, comme usé par le temps. Et cette voix, faible et suave en apparence, mais non moins habituée à donner des ordres.

— Allons, mon enfant, l'heure n'est plus à la

timidité ! Répondez ! Répondez donc ! chuchote-t-il à l'oreille de Maud.

Un silence de plomb se fait dans l'église.

Maud doit effectivement répondre à la question rituelle que le prêtre vient de lui poser. « Consentez-vous à prendre pour époux monsieur le duc de La Volière, ici présent ? »

Maud est censée dire « oui ». Tout le monde attend qu'elle donne son assentiment.

Mais non. Muette, les lèvres serrées, scellées, elle recule tout en jetant des regards effarés sur l'immonde vieillard, sur le prêtre, sur les invités, sur tous ces gens – une foule d'inconnus – qui semblent s'être ligués contre elle.

Jamais ! Jamais elle n'épousera ce pantin grimaçant et claudiquant ! Jamais elle ne dira « oui » ! Jamais il ne lui arrachera le moindre baiser. Car Maud réalise soudain qu'après ce fameux « oui » que tout le monde réclame, le duc voudra l'embrasser. Pire encore, une fois la cérémonie et la fête terminées, elle se retrouvera seule avec lui. Et là, il exigera qu'elle honore sa nuit de noces. Maud se souvient à nouveau des dernières paroles de son père : « Ne te montre jamais nue devant... » Était-ce à cette éventualité que Jean-Baptiste avait pensé juste avant de mourir ? Oui, peut-être avait-il prévu que le comte de Laroche interviendrait dans la vie de Maud et la marierait contre son gré. Ainsi, Jean-Baptiste l'avait bien avertie d'un danger...

Le duc s'impatiente. Le prêtre, lui aussi, paraît irrité par le silence prolongé de Maud. Un brouhaha offensé parcourt la salle. Personne ne comprend les raisons de cette réticence ouvertement affichée.

Maud recule encore jusqu'à l'extrémité de l'autel. Son visage affiche une expression farouche, butée, bornée. Qui à elle seule signifie « non ». Quelques instants supplémentaires de silence, puis il fuse, ce « NON ! » Et Maud le répète, encore et encore, jusqu'à le hurler. On voulait une réponse ? La voilà ! Elle est claire et nette ! Il n'y en aura pas d'autre !

Le duc, abasourdi tout d'abord, en reste sans voix pendant un instant, puis il s'emporte, il peste, jure, menace. Dans la salle, des cris jaillissent de toutes parts : « C'est une honte ! C'est un scandale ! » Le prêtre tente, d'un geste de la main, de ramener le calme. Il s'approche de Maud et passe un bras qui se veut protecteur autour de ses épaules.

— Allons, ma fille, il doit y avoir un malentendu, vous êtes troublée, bouleversée, ce qui se comprend, mais...

Maud ne lui laisse pas le temps de poursuivre.

— NON ! hurle-t-elle à nouveau en se dégageant d'un mouvement vif.

Le duc s'approche à son tour et tente également de raisonner la jeune rebelle. Mais il comprend très vite qu'il n'obtiendra pas gain de cause, que le prêtre ne lui sera d'aucun secours pour vaincre la féroce détermination de cette effrontée qui ose lui tenir tête. Elle est jeune, elle est belle – grand Dieu oui, plus que jamais il désire en faire son épouse – mais elle déborde d'énergie et de vigueur. Et surtout, elle n'a rien d'une aristocrate accomplie. Son grand-père a menti sur ce point. Elle n'est encore qu'une vulgaire paysanne qu'il se doit de dompter, de mater. Eh bien, soit ! Elle l'aura voulu ! Au diable les convenances !

Le duc frappe dans ses mains. Des domestiques se précipitent aussitôt vers l'autel, comme si, dissimulés parmi les invités, ils avaient prévu que les choses se passeraient ainsi et attendaient le signal de leur maître.

Ils sont trois. Trois hommes qui encerclent rapidement Maud. Au lieu de courir pour tenter de s'enfuir – c'est encore possible, il suffirait d'une ruse, d'une feinte, d'un peu de rapidité et elle pourrait les éviter pour traverser l'église – Maud demeure immobile à les regarder. Elle les dévisage d'un œil perplexe, frappée par l'étrange ressemblance qu'ils affichent. Comme si, vu les circonstances, cela pouvait avoir une quelconque importance. L'urgence est de fuir, pourtant Maud n'y peut rien, au lieu de s'élancer, elle ne bouge pas et les observe : même silhouette, même visage. Un visage qui lui rappelle...

Qui ?

Plus de temps à perdre en questions inutiles, plusieurs précieuses secondes se sont déjà écoulées. Il n'y a pas que ces trois hommes face à Maud, toute l'assemblée fait bloc contre elle. Alors qu'elle lance un regard vers la porte de l'église, essayant de mesurer la distance qui l'en sépare, les trois brutes, devinant son intention, font avorter son mouvement avant même qu'elle l'esquisse. Deux d'entre eux lui saisissent les bras. Quant au troisième... Comment est-ce possible ? Comment cette soi-disant noblesse réunie en un lieu sacré, comment le prêtre lui-même peut-il laisser faire une chose pareille ? ... Le troisième homme saisit avec violence le visage de Maud entre ses mains et plonge ses yeux dans ceux de la jeune fille, lui transmettant ainsi un ordre muet : « Dis oui ! »

Maud tente de se débattre, elle lutte comme elle peut contre ses agresseurs. Elle crache, elle donne des coups de pied, des coups de poing, elle mord, elle griffe, elle s'efforce surtout de se soustraire au regard hypnotique du troisième homme. En vain. C'est comme si le corps de ces abominables créatures n'était qu'une enveloppe vide, comme s'ils n'étaient que des fantômes, les doigts de Maud ne font que glisser sur leurs vêtements, pire, on dirait qu'ils passent au travers. Et ce terrible regard qui plonge au plus profond de ses entrailles, aussi cruellement que le tranchant d'un sabre.

Puis une voix s'élève. Une voix qui parle par la bouche de Maud alors que ce n'est pas la sienne. Et qui dit « oui ».

Maud se sent tout à coup épuisée, elle ne peut plus ni bouger ni articuler le moindre son. Entre les poignes de fer de ses agresseurs, elle s'affaisse, telle une poupée désarticulée.

Le prêtre consacre le mariage. Désormais, elle est l'épouse légitime du duc de La Volière. Mais ce n'est pas tout. Rassemblant le peu de forces qui lui restent, Maud redresse soudain la tête. Elle vient de trouver la réponse à la question qu'elle se posait un instant auparavant.

Ces trois hommes ont le visage de l'assassin de son père.

Maud se réveilla en sursaut.

Où était-elle ?

En sécurité, dans sa chambre, sa *nouvelle* chambre, au château du comte de Laroche.

Que s'était-il passé ?

Rien, il ne s'était rien passé. Puisque, Maud le vérifia en embrassant la pièce d'un rapide regard, elle était seule. Par ailleurs, il n'y avait pas un bruit dans le château endormi.

Pourquoi avait-elle rejeté les draps si loin d'elle ? Pourquoi grelottait-elle ainsi ? Pourquoi sa respiration était-elle aussi rapide ? Pourquoi cette brusque suée alors qu'elle était découverte ? Pourquoi cette gorge sèche, cette sensation d'avoir les entrailles nouées par l'angoisse ?

Parce qu'elle venait de faire un cauchemar, voilà tout.

Émergeant peu à peu de la léthargie qui l'engourdissait encore, Maud se remémora le déroulement de la soirée : elle avait dîné avec le comte, qui lui avait parlé de mariage, elle n'avait pas pu protester à cause du corset qui l'étouffait, elle avait ensuite rejoint Martha dans la cuisine, y avait mangé tout son soûl, puis elle avait regagné sa chambre où, épuisée, elle s'était aussitôt endormie, l'estomac bien trop lourd... Et avait fait un cauchemar. Car une mauvaise digestion génère un sommeil agité.

Mais quel était ce cauchemar ? Que racontait-il ?

Maud ne parvint pas à s'en souvenir. Quelques images passèrent furtivement devant ses yeux avant de s'évanouir. Quelques mots traversèrent son esprit : « mariage », « duc ». Ces deux-là trouvèrent une explication : elle s'était endormie contrariée en pensant au mariage arrangé par son grand-père, et son cerveau avait divagué à ce propos dans les brumes de l'inconscience. Il y avait cependant autre chose... Quelque chose de plus inquiétant...

Maud cessa de s'interroger. Se souvenir de ce maudit cauchemar, c'était une façon de le subir à nouveau. À quoi bon ? Pourquoi s'infligerait-elle cette souffrance supplémentaire, alors qu'elle se sentait nettement mieux maintenant ?

Elle jura de ne plus jamais manger autant qu'elle

l'avait fait ce soir-là, s'allongea et ramena les draps sur elle. Elle avait tellement envie de dormir ! Et d'un sommeil sans rêve cette fois. Ou plutôt si, il lui fallait justement un sommeil plein de rêves, de songes agréables qui lui apporteraient le réconfort que son corps et son esprit réclamaient. Elle ferma les yeux et focalisa sa pensée sur quelqu'un qu'elle connaissait bien. Quelqu'un qui occupait son cœur, mais qu'elle avait quelque peu négligé depuis les événements qui l'avaient contrainte à quitter son foyer. Le Renard.

Son vœu fut exaucé. Le début de son rêve ressembla étrangement au cauchemar qui l'avait précédemment troublée. Maud se trouvait dans une église, on allait la marier, mais – curieux, étrange, loufoque ! – ce n'était pas un prêtre qui lui posait la question rituelle, c'était... Un cheval ! Un magnifique cheval noir. Et aux côtés de Maud, le Renard avait remplacé le duc de La Volière.

Maud aurait pourtant dû s'interroger davantage sur ce cauchemar que son inconscient lui avait dicté comme une forme d'avertissement. Une prémonition.

Car cette nuit-là, elle fut effectivement au centre des préoccupations de trois hommes. Trois hommes qui nourrissaient de sombres projets à son égard.

Trois hommes pour un seul visage. Les frères Huet.

7

Albion ne décolérait pas depuis le retour d'Alban. Ce dernier était revenu bredouille de son second voyage ! Il avait trouvé la maison de feu Jean-Baptiste Laroche vide ! Et cet imbécile n'avait pas même eu la présence d'esprit d'interroger les voisins sur ce qu'était devenue la fille. Malgré les pouvoirs dont elle semblait être investie, celle-ci ne pouvait tout de même pas s'être volatilisée, elle devait bien se cacher quelque part !

Fallait-il donc qu'il se rende lui-même sur place ? Des nuits entières à voyager. Autant de temps perdu pour ses recherches. Sans compter l'effroyable perspective d'avoir, à un moment ou un autre du voyage, à affronter la lumière du jour. Albion en frémissait d'horreur par avance. Il lui fallait trouver une autre solution. Qui pourrait lui ramener la fille ? Qui ? Il avait beau retourner la question dans tous les sens, il n'aboutissait qu'à une impasse.

Contre toute attente, ce fut Albert qui le secourut. Une première dans l'histoire des trois frères. Autant Alban était dévoué à Albion, le craignant, lui obéissant au doigt et à l'œil, autant Albert se montrait hautain, distant, voire méprisant vis-à-vis de lui. Seul l'espoir de pouvoir un jour découvrir et posséder le trésor des Templiers l'empêchait de rompre toute relation avec ses frères. Quant au reste, ce à quoi Albion s'attachait personnellement, quête mystique, recherche du pouvoir absolu, avec tout ce que cela entraînait d'errances et de superstitions dignes d'un esprit en proie à la folie, il n'en avait cure.

Cette nuit-là – au moment même où le sommeil de Maud était troublé par un cauchemar – Albert descendit trouver Albion dans sa cave. Il avait dû, pour ce faire, surmonter son aversion. Il répugnait en temps normal à pénétrer dans le sordide repaire de son frère. Lorsqu'Albion le vit apparaître au pied de l'escalier, il ne put réprimer un mouvement de surprise. Il faillit même sourire, en dépit des circonstances. C'était si amusant de voir Albert fouler le sol avec moult précautions, de peur que la terre battue ne ternisse la boucle qui ornait sa chaussure, de le voir épousseter sans cesse l'étoffe de son précieux habit qu'il craignait d'abîmer, de le voir plaquer un mouchoir en dentelle sur son nez afin de se protéger contre la puanteur. Albert était habitué à humer le parfum des courtisanes, le fumet de plats concoctés dans les cuisines les plus raffinées, pas les relents nauséabonds des plantes qu'Albion laissait macérer des jours durant pour la fabrication de ses potions, encore moins ceux du cadavre en décomposition qui gisait dans un coin de la cave et sur lequel le nouveau venu porta un regard empli d'horreur. (Il s'agissait de la jeune paysanne qu'Albion avait enchaînée au mur le soir de la mort du vieux baron et qu'il avait laissée mourir de faim. Elle ne lui avait été d'aucune utilité. Les sacrifices rituels étaient suspendus, depuis qu'il connaissait l'identité de l'Élue.)

— J'ai une nouvelle importante, annonça Albert.

Il attendit avant d'enchaîner, savourant par avance l'effet qu'allait produire la suite de sa phrase.

— Maud Laroche se trouve tout près d'ici.

— Où ?

— Chez le comte de Laroche, son grand-père.

— Son grand-père ? répéta Albion, surpris. (Contrarié, aussi. Si la sorcière accédait au rang d'aristocrate, elle devenait une proie bien plus difficile.)

— J'y vais ! s'écria aussitôt Alban. Cette fois, je la ramène !

Albert lui barra le chemin.

— Hors de question d'user de violence chez le comte !

— Que proposes-tu, dans ce cas ? demanda Albion, tâchant de réfréner la colère qu'il sentait monter en lui.

De quoi Albert se mêlait-il ? Certes, Alban, comme toujours, avait parlé sans réfléchir, il ne lui était pas venu à l'esprit qu'il fallait se débarrasser du grand-père avant d'enlever la fille, cependant c'était à lui, à lui seul, de donner des ordres.

— Le comte de Laroche a l'intention de marier sa petite-fille au duc de La Volière, expliqua Albert. Un bal sera donné d'ici peu à cette occasion. La fille y sera, je ferai sa connaissance. Je me débrouillerai pour la courtiser discrètement sans que son grand-père en prenne ombrage, rien de plus aisé, je connais le comte de longue date. Cette jeune fille est une ingénue dans la haute société, je lui proposerai tout d'abord mon appui, mon soutien amical, ensuite ce sera un jeu d'enfant de la séduire.

Albion commençait à voir où son frère voulait en venir. Albert, cher Albert ! Il fallait reconnaître qu'il avait aussi son utilité. S'il se battait avec d'autres armes que les siennes – dentelle, séduction, intrigue – s'il se pavanait là où lui ne pouvait se montrer, dans le monde, « la haute société », comme il disait, là où brillaient la lumière des chandeliers et l'éclat de l'argenterie, il était efficace, dans son genre.

— Et ? demanda-t-il, voulant avoir confirmation que ses pensées rejoignaient bien celles de son frère.

— Et... le duc de La Volière mourra, hélas, avant son mariage.

Albert désigna d'un geste les fioles et flacons qui s'alignaient sur les étagères dont Albion s'approchait déjà.

— C'est un homme d'un certain âge, tout le monde croira à une mort naturelle. La jeune fille sera ainsi veuve avant même d'avoir été mariée. Le comte de Laroche cherchera un autre parti sans tarder et il me trouvera, moi. J'épouserai la fille, ensuite, je te la donnerai. Tu en feras... (il jeta un œil sur le cadavre de la jeune paysanne) ce que bon te semblera.

Albion n'eut qu'à acquiescer d'un léger signe de tête. Le plan d'Albert était parfait. Le mariage ! Rien de tel pour avoir une femme à merci !

Il s'empressa de congédier ses deux frères. Il avait du travail. Il fallait préparer la mort du duc de La Volière. Oh ! Une partie de la besogne était déjà faite, certes. Le poison qui avait eu raison du baron de Huet pourrait servir une nouvelle fois, non sans quelque amélioration toutefois. La mort du baron avait été un rien trop longue, quelque chose de plus foudroyant siérait mieux au duc. Simple souci de perfectionnement.

8

Une semaine s'écoula. Semaine importante, puisqu'elle fut consacrée à l'éducation de Maud.

Le comte de Laroche ayant été appelé à l'extérieur pour des affaires urgentes, il convoqua, à son retour, l'ensemble des précepteurs qui s'étaient occupés de Maud en son absence. L'heure était au bilan. Une simple formalité dont le comte entendait s'acquitter rapidement. Ces Messieurs allaient lui confirmer que sa petite-fille était fin prête pour le bal du lendemain. C'était pour lui chose acquise. Il avait assisté, la veille de son départ, au début de la métamorphose de Maud. À présent, aucun doute possible : le papillon était sorti de sa chrysalide. Il entama ainsi la réunion en toute sérénité.

Une sérénité si manifeste qu'il eût été cruel de la ruiner. À l'évidence, le comte nourrissait de grandes – et vaines – illusions à l'égard de sa petite-fille. Pourquoi vouloir à tout prix les détruire ? En outre, il ne fallait pas négliger le fait que monsieur le comte avait payé par avance des honoraires fort généreux.

Un rapide tour de table commença. Comment s'était passé l'enseignement de la musique ? demanda le comte. Maud allait-elle, le lendemain soir, charmer l'assistance par la douceur de sa voix ? ... Oui, affirma l'intéressé en évitant le regard de son interlocuteur, passant sous silence le fait que si Maud ne rechignait pas à pousser la chansonnette, elle était totalement étrangère à l'art des vocalises.

Parfait. Qu'en était-il de la danse ? s'enquit le comte. Maud saurait-elle, le lendemain soir, ouvrir le bal au bras de son futur époux avec une élégance qui lui attirerait des louanges unanimes ? ... Le maître de danse fit lui aussi une réponse rassurante et se garda bien de décrire l'effarement qui avait été le sien lorsque, au mot « danse », Maud s'était mise à gesticuler comme une perdue, levant la jambe de manière éhontée, sautant d'un pied sur l'autre sur un rythme effréné comme si son corps était possédé par quelque puissance démoniaque. Quant au menuet, il ne fallait même pas y songer, elle y était parfaitement hermétique. Lorsqu'il avait tenté d'expliquer à cette jeune personne qu'elle devait se tenir droite, les épaules basses et rejetées en arrière, il s'était entendu répondre : « Ce n'est pas danser, ça ! C'est marcher en faisant mine d'avoir avalé une lame ! » Ouvrir le bal au bras de son futur époux ? Oui, Maud en serait capable. Mais la question était plutôt de savoir dans quel état son malheureux époux terminerait cette danse.

Et la poésie ? demanda ensuite le comte. Maud pourrait-elle, lorsqu'une partie des invités feraient salon le lendemain soir, réciter un poème ou déclamer une tirade de Racine ? ... L'homme de lettres trouva une pirouette oratoire qui lui permit de répondre sans donner d'information précise. « Mademoiselle votre petite-fille montre une grande curiosité pour la littérature. » Une curiosité perverse, une curiosité déplacée, oui ! (Il omit sciemment cette précision.) La petite effrontée avait déclaré tout net qu'elle n'aimait pas monsieur de La Bruyère, qu'elle abhorrait monsieur de La Fontaine ! Jamais on n'avait entendu pareille injure ! Et ce n'était pas tout ! Elle avait demandé à lire les écrits de ce... Comment s'appelait-il déjà ? Ah ! Oui, ce Rousseau ! Qui avait dévoyé la critique, pire encore, elle avait évoqué Diderot ! En un mot, des esprits retors ! Des opposants au régime !

De mieux en mieux, approuva le comte, fort satisfait. Il ne lui restait plus qu'à savoir si Maud avait montré des aptitudes pour les activités manuelles. Car, dans les jours qui suivraient le bal, elle devrait rencontrer la mère et la sœur du duc de La Volière. Elle passerait en leur compagnie un moment au coin du feu, s'exerçant à l'art de la broderie... La question s'adressait à sœur Rosamonde, du couvent des Ursulines. La foi sacrée de celle-ci l'engageait à avouer promptement la vérité, à déclarer sans ambages que Maud maniait l'aiguille comme un sabre et qu'elle risquerait d'éborgner sa belle-sœur et sa belle-mère si jamais elle touchait à un quelconque objet doté d'une pointe. Mais sœur Rosamonde mentit elle aussi, rassérénée par le fait que, dès son retour, elle demanderait à être entendue en confession et entamerait un jeûne de plusieurs jours pour expier sa faute.

Ainsi, personne n'osa avouer que Maud n'avait été présente à chacune des leçons que quelques minutes tout au plus avant de claquer la porte avec force violence.

L'élève indisciplinée avait passé par ailleurs une excellente semaine. En compagnie de Roger et de ses chevaux. Maud avait choisi une magnifique jument qu'elle avait montée tous les jours plusieurs heures d'affilée. Et lorsque sa monture était trop fatiguée, elle avait poursuivi à pied, se promenant au gré de ses pas. En un mot, elle avait retrouvé cette liberté qui lui tenait tant à cœur et dont elle craignait, en arrivant au château, d'être privée.

Le comte de Laroche, la voyant souriante et la mine réjouie, n'eut aucun soupçon.

Malheureusement, le soir du bal, il eut droit à quelques surprises. Et pas des moindres.

La première se manifesta alors qu'ils venaient d'arriver à destination. Tout s'était pourtant passé à merveille : Maud avait eu une tenue exemplaire pendant le trajet – pas de soupirs traduisant l'ennui ou la contrariété, pas de remarques intempestives – elle avait foulé la grande allée qui menait à l'entrée du château d'un pas digne, gravi l'escalier en arborant un port de reine, comme si elle avait eu une grande habitude de ce genre de soirée. Mais voilà. Alors qu'un domestique s'avançait pour la débarrasser de sa cape, elle s'en dévêtit avec grâce, certes, seulement...

— Qu'est-ce que c'est... que... ce... ce... Oh !

Le malheureux comte eut l'horrible sensation de s'étrangler. Les mots se bousculaient sur ses lèvres sans se décider à en franchir le seuil. Or ses lèvres, quasi paralysées, devaient à tout prix parvenir à sourire afin d'éviter la catastrophe. Car tous les invités avaient les yeux rivés sur eux. S'ils remarquaient son embarras, il s'en trouverait doublement ridiculisé. Ses oreilles tintaient affreusement. Oh ! Que n'était-il sourd ! Il aurait ainsi évité le désagrément d'entendre les commentaires désobligeants – mais justifiés – qui circulaient parmi l'assistance. « Nous ne sommes pas à un bal costumé ! », « Quelle indécence ! », « Quelle mascarade ! », « Un tel accoutrement, c'est vraiment déplacé ! »

« Accoutrement », c'était précisément le mot

que cherchait le comte, qui put ainsi terminer sa phrase.

— Qu'est-ce que c'est que cet accoutrement ? chuchota-t-il, les mâchoires si serrées qu'il crut bien ne plus pouvoir les séparer l'une de l'autre. La robe que je vous destinais pour ce soir a été livrée cet après-midi, je l'ai vérifié moi-même.

— Je le sais, je l'ai vue, répondit Maud. Mais j'ai préféré celle-ci. Elle me vient de ma mère. C'est une robe de princesse... Vous voulez bien faire de moi une princesse, n'est-ce pas, en me forçant à épouser un homme que je n'aime pas ? Parce qu'il n'y a que dans les contes de fées que les princesses font des mariages d'amour, dans la vie, il en va différemment !

Le comte en resta sans voix. L'étrangère ! Maudite soit-elle ! Il fallait toujours qu'il en revînt à elle ! Elle avait bien légué à sa fille, outre cette robe indécente, un terrible héritage : la propension à la révolte. Ses espoirs étaient ruinés.

Le comte ne put cependant poursuivre ses récriminations, le duc de La Volière approchait. Leur hôte allait sûrement exprimer son mécontentement, sa colère, il allait les prier de quitter les lieux sans tarder, lui, et son effrontée petite-fille, ce à quoi le comte serait bien obligé de consentir. La fuite plutôt que le scandale.

Mais ce ne fut pas le cas. L'âge aidant, le duc avait une fort mauvaise vue, si bien qu'il ne remarqua rien de choquant dans la tenue de Maud. Charmé par la beauté de sa future jeune épouse – il y voyait tout de même assez pour discerner qu'elle avait une poitrine généreuse et des proportions parfaites – il la gratifia d'un large sourire de bienvenue, lui baisa la main avec force respect (un peu d'insistance aussi) et l'invita à prendre part à la fête. En ce qui le concernait, il avait à discuter avec le comte qu'il entraîna à l'écart. Tous deux devaient conclure au plus vite l'affaire qui les occupait, soit le mariage.

Maud se retrouva seule. Son premier réflexe fut de rebrousser chemin et d'aller trouver Roger. Elle lui avait précisé, avant de partir, qu'elle ne resterait à cette soirée que quelques minutes et qu'il devrait la raccompagner dès qu'elle le lui demanderait. Mais une main se glissa dans la sienne. Une main dont le contact la rassura, avant même qu'elle sût qui en était le propriétaire.

– Où courez-vous comme ça ? demanda une voix derrière elle.

Maud se retourna et découvrit que la personne qui l'apostrophait était une femme. Une femme d'une grande beauté, qui posait sur elle un regard où ne perçait pas une once de mépris.

– J'adore votre tenue ! enchaîna l'inconnue. Toutes les harpies qui nous entourent en sont vertes de jalousie, croyez-moi. Si vous ne voulez pas lancer une nouvelle mode sur la place de Paris, il faudra garder secrète l'adresse de votre tailleur... Bonjour, ma chère, je suis la marquise de La Fleur.

— Bonjour madame ! Je suis Maud Laroche !

— Eh bien, Maud Laroche, détendez-vous et n'ayez plus aucune crainte ! Sachez que moi aussi, je suis passée par là, ajouta la marquise en baissant la voix.

— Passée... par où ?

— Par le mariage forcé ! Et ce n'est pas si terrible que cela. Venez !

Maud suivit la marquise comme elle l'y invitait, et s'assit près d'elle. « Pas si terrible », c'était vite dit... Maud jeta un regard sur le duc de La Volière qui, à l'autre bout de la pièce, était en grande conversation avec son grand-père.

Il était vieux.

Il était laid.

Il n'était pas aussi effrayant que dans son cauchemar – Maud se souvint tout à coup, avec une netteté surprenante, du mauvais rêve qui l'avait troublée une semaine auparavant – mais il était tout de même rebutant. Lorsqu'il lui avait baisé la main tout à l'heure, elle en avait eu la chair de poule. Elle en frissonnait encore.

— Je ne supporterai pas que cet homme me touche ! déclara-t-elle sans ambages, pensant tout haut.

Son franc-parler ne parut pas surprendre la marquise.

— Il y a mille et une façons d'éviter qu'il vous touche.

Maud, qui ne s'attendait pas à une réponse aussi directe, écarquilla les yeux.

— Migraine, douleur subite, envie de lire... Je vous enseignerai volontiers tous ces petits secrets féminins en temps voulu, précisa la marquise avec un sourire entendu. En tout cas, il est hors de question de laisser passer votre jeunesse sans en profiter. On ne choisit pas un mari, certes, mais un amant...

La marquise attendit un instant, le temps que sa dernière phrase fasse son chemin dans l'esprit de la jeune fille.

— Mon enfant, il faut que vous sachiez qu'il y a ici nombre de jeunes gens fort intéressants. À tous points de vue. Laissez-moi vous en présenter quelques-uns, pour que vous ayez une petite idée des opportunités qui s'offrent à vous... Commençons par... voyons voir... Le marquis de Pujeraie ! Le blondinet qui se tient là-bas, près du piano, vous le voyez ?

À l'aide de son éventail qu'elle mania d'un geste aussi élégant que discret, la marquise indiqua à Maud dans quelle direction regarder.

— Il a vingt-trois ans, une belle fortune, une peau de bébé et... Non ? ... Non ! D'accord ! C'est vous qui décidez ! conclut-elle en constatant que Maud ne partageait pas son avis. Alors, dans ce cas... je vous conseillerais le vicomte de La Tremblaie !

Juste sur la gauche, là-bas ! Vingt-deux ans, moins fortuné que le précédent, mais peu importe, puisque la fortune, La Volière se charge de vous l'apporter, un esprit délicieux, une belle carrure ! Comment le trouvez-vous ? Plutôt bien tourné, non ?

C'est à peine si Maud jeta un œil sur l'intéressé avant de faire un signe de tête négatif. Elle appréciait la sollicitude de la marquise, mais celle-ci se fourvoyait. Maud n'avait pas du tout l'intention de prendre un amant, quel qu'il soit, pour la simple et bonne raison qu'elle n'avait pas l'intention de se marier. Pas de « passage obligé » pour elle. Le duc de La Volière pouvait d'ores et déjà se trouver une autre proie. Si jamais un jour elle se mariait, ce serait avec... le Renard ! Elle eut envie tout à coup de se lever et de le proclamer à haute voix. Autant, lorsqu'elle s'était trouvée avec Francine, la nuit où elle avait guetté son idole dans la forêt, elle avait eu honte de l'affirmer, autant là, elle voulait le hurler... Ah ! Si seulement le Renard pouvait surgir dans cette salle de bal, sur son cheval, son magnifique cheval noir qui, d'un coup de sabot, mettrait à mal cette mascarade. De plus, il y avait là un bon butin à récolter et à distribuer à ceux qui en avaient besoin... L'imagination de Maud s'emporta, une fois de plus.

— Ah ! Mais c'est qu'elle a des goûts bien arrêtés, notre chère enfant ! s'écria la marquise, qui semblait s'amuser beaucoup des réactions de la jeune fille. Alors dans ce cas, que diriez-vous de...

La marquise cita plusieurs autres noms, les accompagnant d'une appréciation personnelle, avant de se rendre compte que sa protégée ne l'écoutait plus. Elle se tourna alors vers elle et, l'observant avec attention, constata que Maud avait soudain pâli, que sa respiration s'accélérait. Elle suivit son regard afin de découvrir la raison de son émoi.

— Lui ? Celui-là vous plairait ? demanda-t-elle, étonnée.

Maud ne lui répondit pas. Son trouble augmentait, elle semblait avoir perdu l'usage de la parole.

— Ma foi, pourquoi pas ? renchérit la marquise. Il a une beauté un peu spéciale, pour ma part, je n'aime pas trop, mais tous les goûts sont dans la nature...

— Qui est-ce ? la coupa Maud, sans pouvoir détacher son regard de l'homme qu'elle avait remarqué et qui, de l'endroit où il se tenait, en avait fait autant et inclinait à présent le buste en manière de salut.

— Albert de Huet. Il vient d'hériter d'une grande fortune, son père est mort il y a quelques mois... Ah ! Mais dites-moi, c'est le coup de foudre ou quoi ? Voyez comme il vous dévore du regard ! Il s'approche, voulez-vous que je fasse les présentations ?

— Oui... Non... C'est-à-dire que...

Pourquoi Maud se sentait-elle perturbée à ce point ? Son cœur battait de plus en plus fort, sa poitrine s'affolait, elle avait froid, elle avait chaud. L'homme se dirigeait effectivement vers elle, elle avait tout autant envie d'aller à sa rencontre que de le fuir.

— Et moi, marquise ! On ne me présente pas ?

Quelqu'un venait de s'interposer entre Maud et Albert qui bifurqua aussitôt dans une autre direction.

— Oh ! Vous, vous êtes assez grand pour vous présenter tout seul ! répondit la marquise. Je vous laisse, dit-elle à Maud en se levant, j'ai envie de danser. Si jamais Guilhem vous importune, n'hésitez pas à vous débarrasser de lui !

Elle s'esquiva rapidement, non sans gratifier l'inconnu d'un magnifique sourire.

Maud se retrouva ainsi seule avec le nouveau venu. Celui-ci ne dit rien, préférant laisser à la jeune fille l'initiative de prendre la parole. Mais Maud, elle non plus, ne jugea pas utile de parler et profita du silence qui suivit pour détailler son interlocuteur. Beaux cheveux bruns séparés au milieu par une raie, ramassés en catogan sur la nuque. Un peu ridicule, ce nœud qui accommodait sa coiffure, jugea-t-elle. Dommage. Car les mèches rebelles qui s'échappaient et retombaient sur son front avaient beaucoup de charme. Ses yeux étaient... de quelle couleur au juste ? Une teinte indéfinissable, un marron très clair, caramel, avec une minuscule pointe de jaune. Noisette, décréta Maud. Le visage était beau, oui, on ne pouvait le nier. La silhouette aussi était séduisante, mais décidément, Maud n'appréciait pas la mode masculine qui semblait être en vogue dans la haute société. Guilhem – à peine avait-elle entendu ce prénom qu'elle l'avait retenu – aurait été bien plus attirant si, au lieu de la redingote en velours bleu roi, bordée de galons en soie jaune qu'il portait, il avait revêtu... une grande cape noire. Si, au lieu de ces bas de soie et de ces petits souliers à boucle, il avait porté un pantalon enchâssé dans de hautes bottes, noires également. Si... Maud se rendit compte qu'elle était en train d'habiller Guilhem avec les vêtements du Renard, du moins ce qu'elle en avait aperçu lors de la nuit où elle l'avait rencontré dans la forêt. Quelle idée ! Les divagations de l'esprit vous jouaient de ces tours, parfois !

— Quelque chose ne va pas ? demanda Guilhem. J'ai boutonné ma veste de travers ?

Maud sourit. Ce Guilhem avait décidément quelque chose de différent. Il se démarquait des autres.

— Je m'appelle Guilhem.

— Et moi, Maud.

— Je suis le comte de Landrey.

Le sourire de Maud s'effaça. Il avait fallu qu'il

lui jette à la figure son titre de noblesse ! Qu'il insiste sur cette insupportable particule ! En fin de compte, il était comme les autres.

— Je suis Maud tout court, répliqua-t-elle.

La remarque parut amuser Guilhem. Et la moue qui l'accompagnait était charmante : Maud fronçait les sourcils, deux arcs noirs parfaitement dessinés qui soulignaient la beauté de ses yeux clairs. Des yeux bleus tirant un peu sur le mauve. Magnifiques.

— Est-ce que nous ne nous sommes pas déjà rencontrés ? demanda-t-il après un bref silence.

— Non, je ne crois pas, je m'en serais...

« Souvenue » allait dire Maud, avant de se rendre compte que cela risquait d'être mal interprété. Guilhem la regardait avec beaucoup trop d'insistance. Pour sympathique qu'il fût, il ne devait pas se méprendre lui non plus. Pas de mari, pas d'amant. Qu'il se le tienne pour dit, comme les autres !

— Vous êtes sûre ? insista Guilhem. Pourtant...

Pourtant, il avait une très bonne mémoire visuelle. Ce visage, il l'avait déjà vu, il en était quasiment certain. Mais il l'avait aperçu rapidement, dans un endroit qui n'avait rien à voir avec cette salle de bal. Dans un endroit... très sombre. Ce visage était alors... sale, oui, les joues étaient tachées de boue, les cheveux n'étaient pas relevés en chignon, une petite coiffe de coton blanc les retenait.

— Vous n'êtes pas parisienne, n'est-ce pas ?

— Non, je viens du Périgord.

— Le Périgord ? ... Le Périgord... Le Périgord, répéta Guilhem d'un ton rêveur.

— Vous connaissez cette région ?

— Oui, un peu. Il se trouve que j'y suis passé récemment.

— Quand ça ?

— Eh bien... je ne sais plus, peu importe ! Et pourquoi êtes-vous à Paris ?

— Parce que j'ai perdu mon père et que mon grand-père, le comte de Laroche, m'a recueillie. Il veut me marier.

— Et vous, vous avez envie de vous marier ?

— Oui, mais pas à l'homme que mon grand-père me destine.

— Ah ! Je vois ! ... Serait-il indiscret de connaître l'identité de l'heureux élu ?

Maud attendit quelques secondes avant de répondre. Pouvait-elle lui révéler la vérité ? Elle décida que oui.

— Je me marierai... au Renard !

Guilhem eut une violente réaction. Il recula d'un pas et ses joues s'enflammèrent, ce que Maud jugea surprenant et charmant à la fois.

— Ah ! C'est ça ! C'est ça ! s'écria-t-il.

— C'est ça, quoi ?

— Eh bien... C'est ça, je savais que vous alliez dire une ineptie ! C'est tout simplement ridicule !

Vous ne savez pas de qui vous parlez. Le Renard, quelle idée ! Ce bandit ! Ce va-nu-pieds !

— Quoi ? Un va-nu-pieds ? répéta Maud, outrée.

Cette espèce de marionnette enrubannée, cette... poupée de salon osait traiter ainsi le Renard ? Mais de quel droit ?!!!

Maud n'eut pas le temps de riposter, Albert de Huet s'était de nouveau approché.

— Me feriez-vous l'honneur de cette danse ? demanda-t-il.

Exaspérée par les propos de Guilhem, Maud s'empressa d'accepter.

La tête lui tournait. Maud aurait-elle dû écouter les conseils du maître de danse et apprendre correctement ce satané menuet ? Cela lui aurait-il évité cette indisposition subite qu'elle éprouvait, cette brusque suée qui inondait son front, cette sensation de vertige, cette impression d'avoir le cœur au bord des lèvres ? Tandis qu'elle dansait avec son cavalier, Maud se sentait de plus en plus mal. Pourtant, il n'y avait rien d'inconvenant dans la façon dont le baron lui tenait la taille, rien d'insistant dans son regard, rien de désagréable dans sa voix dont la tonalité était plutôt douce. La danse n'était pas en cause. Maud évoluait avec grâce, en rythme. Rien de plus facile que de se caler sur le tempo de la musique.

Alors, qu'est-ce qui n'allait pas ?

Le visage du baron.

Ce visage, Maud l'avait déjà vu. Ce visage, elle le connaissait, mais c'était comme si, ce soir, il avait été planté sur un autre corps. Albert de Huet était mince, élancé, alors que... l'autre – quel « autre » ? *Qui était-ce ? Qui ?* – était grand, fort. L'autre portait un chapeau à larges bords, un costume noir en étoffe grossière.

Deux corps pour un même visage.

Un même visage, deux voix différentes.

Je te retrouverai, sorcière !

Maud s'arrêta subitement de danser. Elle le fit avec une brutalité telle que tout le monde, autour d'elle, l'imita. Les danseurs se figèrent. La musique se tut. Il y eut un grand silence dans la salle. Et dans ce silence résonna soudain la voix de Maud. Une voix stridente, suraiguë.

— Je vais vous tuer !

D'un geste extrêmement rapide, Maud arracha de son bustier la broche-poignard et en brandit la lame vers le baron. Son bras fut retenu *in extremis* par Guilhem qui, ne l'ayant pas quittée des yeux tandis qu'elle dansait, s'était aperçu de son trouble et fut ainsi en mesure de prévoir son geste. Sans son intervention, Albert de Huet serait mort.

Après le silence, il y eut un vent de panique dans la salle. Des cris, des hurlements d'horreur. Des cris, parce que Guilhem, dans sa précipitation, avait bousculé tous ceux qui se trouvaient sur son passage pour arriver jusqu'à Maud (certaines dames demeuraient d'ailleurs affalées par terre, attendant que leurs cavaliers les relèvent, mais ceux-ci étaient trop occupés à regarder la scène qui se déroulait sous leurs yeux ahuris). Des hurlements d'horreur, car on s'aperçut que la chemise du baron était teintée de rouge. Il était blessé. Quelques hommes l'entourèrent aussitôt pour lui porter secours.

— Ce n'est rien ! Juste une égratignure ! Tout va bien ! Tout va bien ! s'écria le baron en les écartant d'un geste agacé.

Maud, elle, était emprisonnée dans les bras de Guilhem. Les traits défigurés par la rage, elle se débattait pour se dégager de son étreinte, donnant des coups de pied dans le vide. Le comte de Laroche était accouru lui aussi. Mais il demeurait stupéfait, sans voix, c'est à peine s'il en croyait ses yeux. L'épisode de la robe était bien insignifiant en comparaison de ce qui venait de se passer. Il n'était même pas en colère. Inquiet, il se demandait plutôt si sa petite-fille n'était pas atteinte d'une grave maladie de l'esprit.

— J'ai bien fait de ne pas vous inviter à danser, chuchota Guilhem à l'oreille de Maud. Vous traitez toujours ainsi vos cavaliers ? C'est parce qu'il vous a marché sur les pieds que vous avez voulu l'égorger ?

La plaisanterie tomba à plat. D'ailleurs, Maud n'entendit même pas ses paroles, elle semblait soudain en état de choc, elle ne se débattait plus, mais continuait de dévisager le baron, si bien que Guilhem jugea son attitude toujours aussi inquiétante.

— Le baron vous aurait-il importunée ? demanda-t-il, sérieux, cette fois. Si oui, dites-le-moi, j'en fais mon affaire.

— Il a...

« Tué mon père » allait dire Maud. Mais elle s'en abstint. Elle venait de s'apercevoir que le baron de Huet n'avait aucune trace de brûlure sur la joue. Il n'avait donc rien à voir avec l'assassin de son père. Elle s'était trompée.

— Pardon... Je... Je ne sais pas... ce qui m'a pris, eut-elle le temps de bafouiller à l'attention du baron, avant de s'évanouir dans les bras de Guilhem.

9

Étrange soirée. Qui n'était pas encore terminée. Bien au contraire, elle ne faisait que commencer pour Guilhem.

Après avoir aidé le comte de Laroche à ramener Maud dans sa voiture, il était rentré chez lui. Pas question de retourner au bal, puisque l'invitée la plus intéressante n'était plus de la fête. Par ailleurs, il n'y était allé que pour faire acte de présence, pour qu'on le remarque. Et grâce à Maud de Laroche – non, « Maud tout court », elle avait insisté sur ce point, se souvint-il avec amusement – c'était chose faite. Diable ! Il avait ce soir sauvé la vie du baron de Huet, ni plus ni moins ! Pour se distinguer, il s'était distingué.

De quoi apaiser la surveillance des hommes de la maréchaussée, qui avait tendance à se renforcer ces temps-ci.

Si Guilhem s'était fait violence en début de soirée pour aller à ce bal, il ne le regrettait pas. Le moins qu'on puisse dire, c'est qu'il ne s'y était pas ennuyé.

Il était temps néanmoins de passer aux choses sérieuses. Le jeune homme retira sa veste de velours, sa chemise à jabots, ses bas de soie et ses souliers à boucles et les troqua contre une cape noire, un pantalon, de hautes bottes noires... *Exit* Guilhem. Qui céda la place à son *alter ego*.

Le Renard.

Car – Maud l'avait instinctivement perçu sans en avoir conscience – Guilhem et le Renard ne faisaient qu'un. Deux facettes d'une même personnalité. Mondain le jour, justicier la nuit. Le premier étant la couverture indispensable du second.

Une fois prêt, le Renard monta sur son cheval et partit au galop dans la nuit. À lui les voyageurs inconscients du danger qui les guettait ! À lui leurs richesses ! Ah ! Comme il aimait ce moment ! Son corps était secoué de frissons, parcouru d'une excitation grandissante.

Sauf que cette nuit, quelque chose n'allait pas... Pas de frissons. Pas d'excitation. Pas de chair de poule. C'était comme s'il avait enfilé trop vite son costume du Renard, sans avoir pris le temps de se mettre en condition. Force lui fut de constater qu'il ne se sentait pas d'humeur à livrer bataille, à jouer de l'épée. Lui qui pourtant adorait ça ! La faute à ce satané bal, probablement. Il avait pour habitude de fréquenter les salons le jour et non la nuit. Cette entrave à sa discipline avait eu un effet néfaste. Il s'était ramolli l'esprit, avait gâché l'humeur nécessaire à une nuit de travail. Et sa mission semblait compromise à présent.

Au beau milieu de sa course, il changea donc de direction, presque malgré lui. Il décida de relâcher la bride et de laisser son cheval le guider. Après tout, pourquoi ne pas prendre une nuit de congé ? C'était d'ailleurs ce qui était initialement prévu. Si Maud Laroche n'avait pas tenté de tuer ce pauvre Huet, il serait encore au bal. Tandis que son esprit divaguait, le Renard ne porta pas attention au chemin qu'empruntait son cheval et n'en prit conscience que lorsque celui-ci s'arrêta devant une haute grille.

— Pourquoi m'avoir conduit ici ? demanda-t-il à sa monture. (Il venait de reconnaître le domaine du comte de Laroche et ne voulait pas s'avouer que c'était peut-être lui qui avait guidé son cheval, et non l'inverse.) Parce que tu penses comme moi, n'est-ce pas ? ajouta-t-il après un bref moment de réflexion. Cette fille, c'est bien celle que nous avons rencontrée l'autre nuit, dans la forêt ? ... Elle t'avait mis d'ailleurs dans tous tes états. Jamais je ne t'avais aussi nerveux. Je n'arrivais plus à te maîtriser... Bon, très bien ! Maintenant que nous avons confirmation de ce que nous voulions savoir, nous pouvons rentrer.

Mais Tempête – tel était le nom dont le Renard avait baptisé son cheval – ne l'entendait pas ainsi. Le Renard eut beau jouer des éperons, tirer sur les rênes, il ne bougea pas. Et comme son maître insistait, il se mit à ruer, entendant manifester haut et fort sa rébellion.

— Qu'est-ce qui te prend ? Décidément, dès qu'il est question de cette fille, tu deviens fou ! Pourquoi ? ... Tu ne comptes tout de même pas récupérer l'argent que je lui avais donné cette nuit-là ? Comment pouvais-je savoir qu'elle n'en avait pas besoin ? ... Qu'est-ce que tu... Non ! ... Non ! Ne fais pas ça, Tempête ! Je t'interdis de...

Trop tard. Tempête avait déjà contourné la grille et pris son élan. Pour sauter par-dessus la portion de haie qui entourait le parc.

Le cavalier n'ayant pas pris les précautions nécessaires avant un tel saut, se retrouva, non seulement à l'intérieur du parc alors qu'il n'en avait nullement l'intention, mais par terre.

C'était bien la première fois que son cheval le désarçonnait. Le Renard se releva rapidement et vérifia d'un coup d'œil que cette intrusion inopinée n'avait alerté personne – et que personne non plus n'avait été témoin de sa chute. Une véritable honte !

Pas un bruit. Aucune fenêtre ne s'était allumée

dans le château. Tout le monde avait l'air de dormir à poings fermés. Une chance. L'incident du bal avait dû éprouver les nerfs des habitants.

— Tu aurais pu me tuer ! gronda le Renard, hors de lui.

Il prit les rênes d'une main ferme, bien décidé à se faire obéir cette fois. Il fallait déguerpir ! Et vite !

Sans résultat. Tempête, en dépit des protestations de son maître, s'approcha de l'entrée du château. Il s'en approcha outrageusement, dangereusement. À croire qu'il avait l'intention d'entrer, et par la porte qui plus est ! Mais il n'en fit rien, il contourna le bâtiment et alla se planter au beau milieu de l'arrière-cour. Une cour pavée sur laquelle ses sabots tintaient de manière sonore. Beaucoup trop sonore. Autant actionner la cloche à l'entrée, c'eût été aussi discret ! Le Renard était à deux doigts d'abandonner l'animal – probablement pris d'une sorte de folie, dommage, il l'aimait bien ! – et de s'enfuir tant qu'il en était encore temps. Mais il constata que Tempête, arrêté à un endroit bien précis de la cour, levait la tête, comme s'il voulait lui montrer quelque chose.

— La fenêtre ? demanda le Renard. La fenêtre de la fille, c'est ça que tu veux me montrer ? Bon, très bien ! Parfait ! Merci du renseignement, mais j'aurais pu le demander à Roger. Maintenant, s'il te plaît, déguerpissons !

Le cheval ne bougea pas davantage.

— Écoute, mon cher Tempête (un ton plus doux ramènerait peut-être l'animal à la raison), sache que je partage ton opinion, cette jeune femme est charmante, je te l'accorde, mais tu sais bien que ni toi ni moi ne pouvons nous permettre de nous attacher à qui que ce soit. Nous avons une mission à accomplir. Une mission importante. Alors s'embarrasser d'une femme, c'est hors de question, compris ?

Le Renard se figea. Il venait d'entendre un bruit. Un bruit qui, il le vérifia en scrutant les alentours, avait été provoqué par une silhouette qui s'était à l'instant glissée derrière un buisson.

— C'est un soldat, Tempête ! murmura-t-il. Tu sais bien que nous les avons à nos trousses, ces temps-ci. S'ils nous prennent, pour moi ce sera la prison, et pour toi... pour toi... L'ABATTOIR !

Cette fois, l'argument porta. Le Renard sauta sur sa monture qui l'emporta loin du château.

10

Le comte était effondré. Maud était malade. Très malade. Terriblement affaiblie, à moitié inconsciente, brûlante de fièvre, elle gisait dans son lit depuis vingt-quatre heures. Un spectacle déchirant. À peine avait-il retrouvé sa petite-fille qu'un mal inconnu menaçait de la lui arracher.

Le lendemain du bal – quelle terrible soirée ! – le comte convoqua les meilleurs médecins au chevet de Maud. Et leurs diagnostics, tous différents les uns des autres, ne furent guère rassurants. « Haut mal », disait l'un, « infection », avançait l'autre, « choléra », affirmait le troisième. Il y en eut même un qui émit l'hypothèse... d'un cas de possession. Ce dernier, le comte s'empressa de le chasser hors de chez lui. Certes, la jeune fille était soudain devenue méconnaissable lors de ce sinistre épisode, elle s'était transformée en une manière de harpie, qui pourrait bien évoquer... Mais non... Non, le comte se refusait à croire que l'Étrangère – maudite soit-elle, décidément ! – ait pu à ce point corrompre son sang. D'ailleurs, la chère enfant n'avait-elle pas eu un sursaut de conscience ? Lorsqu'il était allé la voir en début d'après-midi, elle avait proposé elle-même d'écrire une lettre d'excuse au baron de Huet. Son esprit ne souffrait que d'une confusion passagère. Si cet état persistait, eh bien... un séjour au couvent, dans la retraite et la paix absolues, la remettrait dans le droit chemin. Un remède bien plus bénéfique que la saignée recommandée par le premier médecin, l'application de ventouses, conseillée par le deuxième, ou la diète, prescrite par le troisième.

Ne sachant plus à quel saint se vouer, le comte demanda conseil à Martha, qui veillait sur la jeune fille avec dévouement.

— Tous ces médecins n'y entendent rien ! clama celle-ci. Moi, je sais ce dont souffre mademoiselle Maud : un trop-plein d'émotions, voilà ! Ça déborde dans son cœur ! La pauvre petite vient de perdre son papa, il ne faut pas l'oublier ! Un peu de patience et tout rentrera dans l'ordre. Que monsieur le comte ne se fasse pas de souci, mademoiselle Maud va guérir.

Oui, Martha avait sans doute raison, finit par se dire le comte, qui se résolut à la patience.

De fait, Martha avait parfaitement raison. D'autant que Maud n'était pas malade. Elle feignait de l'être. Dès qu'un médecin entrait dans sa chambre, elle faisait mine de sombrer dans l'inconscience. Dès que le comte lui rendait visite, elle entrouvrait les yeux et se mettait à geindre d'une voix poignante. Elle refusait toute nourriture. Du moins celle que les médecins recommandaient – bouillons, tisanes, décoctions diverses. Mais avalait goulûment les gâteaux et gourmandises que Martha lui apportait en secret.

Après réflexion, Maud en était arrivée à la conclusion que l'incident du bal avait été bénéfique. Certes, elle avait fait une erreur impardonnable en s'attaquant au baron de Huet. Il n'avait rien à voir avec l'assassin de son père. Qu'est-ce qui avait bien pu lui passer par la tête ? Mais au moins, cet épisode, pour malencontreux qu'il fût, lui avait rappelé que si elle avait décidé de venir vivre à Paris, c'était justement pour venger son père. Ce qu'elle avait eu tendance à oublier depuis son arrivée au château. Peu fière de son attitude, elle avait décidé de faire amende honorable – d'où la lettre d'excuse au baron – et de jouer encore la comédie pendant deux ou trois jours, le temps que l'orage se calme. Car elle avait entendu le comte émettre l'idée de l'enfermer dans un couvent. Hors de question. Il fallait qu'elle soit vigilante sur ce point.

Un soir, ayant appris par Martha que le comte

avait une visite, elle voulut vérifier qu'il ne recevait pas la mère supérieure du couvent, justement. Elle se posta discrètement à la porte de la bibliothèque où le comte s'entretenait avec son hôte et écouta ce qui se disait à l'intérieur.

Elle n'en crut pas ses oreilles.

Il n'y avait dans la bibliothèque ni médecin, ni mère supérieure, mais le capitaine de la garde. Qui était tout bonnement en train d'expliquer au comte qu'un de ses hommes avait surpris la veille au soir le Renard à proximité du château. Par voie de conséquence, il demandait la permission d'encercler les terres du comte afin de capturer le célèbre brigand.

Le Renard ! À proximité du château !

À proximité du château ! Le Renard !

Le château à proximité du Renard !

Maud aurait pu se délecter à jouer avec ces mots des heures durant !

Elle avait envie de les répéter afin que les murs de la vaste demeure lui en renvoient l'écho, encore et encore.

Mais on allait encercler le Renard. Le capturer. L'épouvante la saisit.

Prévenir le Renard. Vite !

Mais comment ? Mais où ? Maud n'avait pas la moindre idée de l'endroit où il se trouvait.

Tant pis ! Il fallait agir, peu importe de quelle façon ! Elle trouverait bien une solution ! Comme toujours, Maud céda à sa première impulsion. Sans prendre la peine de monter se changer – elle était en chemise de nuit – elle fila directement à l'écurie.

— Vite, Roger, vite ! Il faut seller ma jument ! Je dois partir tout de suite.

— Partir ? ... Euh... À cette heure ! ... Mais pour où ?

Bonne question. À laquelle Maud n'avait pas de réponse.

— Je ne peux pas te le dire, Roger, c'est un secret.

— Non, mademoiselle, non, euh... avec tout le respect que je vous dois, euh... Je veux bien désobéir aux ordres du comte, euh... Je l'ai fait, n'est-ce pas ? (Roger faisait allusion à la semaine pendant laquelle Maud avait passé son temps à chevaucher au lieu de suivre les leçons des précepteurs.) Mais il y a une limite. Vous laisser cavaler la nuit, euh... C'est bien trop dangereux.

— Il le faudra pourtant ! C'est de la plus grande importance, Roger, crois-moi ! Parce que... euh...

Oh ! Cet horrible tic, il était décidément contagieux ! Maud se tut pendant un bref instant, lorgnant Roger d'un air dubitatif. Elle avait assez perdu de temps ! Tant pis ! Il fallait le mettre dans la confidence.

— Roger, es-tu capable de garder un secret ?

— Oh ! Pour ça, oui, je n'ai pas mon pareil.

— Tu as entendu parler du Renard ?

— Bien sûr, comme tout le monde !

— Eh bien voilà ! Mon grand-père est actuellement avec le capitaine de la garde. Ses hommes ont repéré le Renard tout près d'ici hier soir, ils veulent encercler nos terres et le capturer. Il faut absolument que j'aille le prévenir.

— Je m'en charge ! Remontez vous coucher !

Pas de commentaire du genre : « Ce brigand ! » Pas de "euh" non plus.

Roger, si nonchalant d'habitude, commença à seller son cheval avec une rapidité et une détermination que Maud ne lui avait jamais vues. Alors qu'il était déjà en selle, elle se mit en travers de son chemin.

— Comment ça, tu t'en charges ? Qu'est-ce que tu veux dire par là ?

— ...

— Roger, est-ce que par hasard, tu connaîtrais le Renard ? Autrement que de réputation ?

— ...

— Roger, si tu ne me réponds pas, je vais chercher Martha tout de suite !

— Oh ! Non, pas ça, mademoiselle Maud !

Maud fut elle-même surprise de l'effet de ses paroles qu'elle avait lancées au hasard, faute d'inspiration. Jamais elle n'aurait cru que Roger craignait sa femme à ce point.

— Alors ? ... Je t'écoute.

— Eh bien... Voilà...

La réponse de Roger fut embarrassée, hésitante. Maud dut insister et menacer à nouveau, mais elle arriva à ses fins et apprit qu'avant d'entrer au service du comte (et de se marier par la même occasion), Roger conduisait des convois de voyageurs. Une nuit, le Renard avait attaqué sa voiture. Fasciné par le célèbre personnage dont il approuvait les actions, Roger avait eu l'audace de le suivre et de demander à le servir, avançant le fait qu'il n'avait pas son pareil pour s'occuper des chevaux. Le Renard s'était montré bon joueur : l'inconnu avait réussi à le rattraper, ce qui constituait en soi une prouesse, et il avait perçu l'authenticité du personnage. Il avait donc accepté sa proposition, à condition que Roger se soumît à des règles très strictes. Il ne devait se présenter dans son repaire secret qu'aux premières lueurs de l'aube, lorsque le Renard rentrait de mission, il s'occuperait alors de son cheval, lui porterait tous les soins nécessaires, sans jamais lui poser la moindre question. Sur quelque sujet que ce fût. Enfin et surtout, il ne devait jamais voir son visage.

Maud n'en revint pas. Comme Roger allait profiter de son état de stupeur pour partir, elle revint à elle et l'en empêcha.

— Je t'en prie Roger, conduis-moi à lui, supplia-t-elle.

— Non, mademoiselle Maud, impossible !

— S'il te plaît !

— Non !

— Rien qu'une fois !

— Non !

Maud usa et abusa de tous les arguments possibles et imaginables, y compris sourires enjôleurs, battements de cils ou buée dans les yeux. Rien n'y fit. Elle abattit en dernier recours son atout maître.

— Je vais tout dire à Martha !

— Bon, très bien ! À vos risques et périls !

Ça alors ! Roger servait le Renard, mais il semblait craindre sa femme bien plus que la maréchaussée. Étrange, décidément... Le temps pressait. Roger céda, fit monter derrière lui la jeune intrépide, tout en lui expliquant les précautions que tous deux devraient prendre.

Les yeux bandés, Maud chevaucha, en selle derrière Roger, pendant un temps qui lui parut extrêmement long. Elle tenta bien, au début, de prendre quelques points de repère dans l'intention de refaire seule le chemin dès le lendemain. Roger avait bifurqué une fois à droite, puis deux à gauche, puis encore sur la droite, à moins que... Elle se rendit bientôt compte que l'exercice était trop ardu et se vit contrainte d'abandonner. D'autant qu'elle n'était pas dupe : Roger tournait en rond, à dessein, pour l'égarer. Légitime, elle le comprenait, même si elle avait du mal à l'accepter. Tout le long du chemin, elle eut envie de poser mille questions à son guide, mais s'en abstint. Ce n'était plus tout à fait le même Roger qui l'accompagnait. Outre la complicité qu'elle avait toujours partagée avec lui, il y avait à présent le respect qu'elle devait observer à son égard. Un grand respect. Et puis, cette fois, elle voulait vraiment savourer ce moment d'attente qui la séparait de la rencontre avec le Renard. Hors de question de tout gâcher, comme l'autre nuit dans la forêt.

Ils arrivèrent à destination. Roger la fit descendre de cheval et lui demanda de patienter.

Les yeux toujours bandés, Maud n'avait pas la moindre idée de l'endroit où elle se trouvait. Elle entendait quelques bruits, un clapotis traduisant qu'il devait y avoir de l'eau à proximité, des battements d'ailes. Il faisait froid, l'air était humide. L'entrée d'une grotte, peut-être ? Au bout d'un moment, le silence fut interrompu par des éclats de voix. Tendant l'oreille, Maud saisit quelques mots et comprit que Roger se confondait en excuses, tandis que le Renard semblait l'admonester violemment. Et s'il arrivait quelque chose à Roger ? Si, par sa faute, le Renard le renvoyait ?

Rien de tel ne se produisit. Quelques instants plus tard, Maud sentit le bras de Roger se glisser sous le sien. Il la guida sur quelques mètres, lui conseillant de lever le pied à tel ou tel endroit, de prendre son élan pour sauter, enjamber un obstacle. Elle sentit que le bas de sa robe était mouillé, il y avait des points d'eau, de gros cailloux glissants. La sensation de froid et d'humidité s'intensifia. Puis Roger n'avança plus et Maud s'immobilisa elle aussi. Elle entendit un frottement de tissu, comme un rideau qu'on tirait. Roger lui enleva enfin son bandeau et recula. Assez loin. Allait-il la laisser seule ?

Maud se trouvait bien dans une grotte, comme elle l'avait supposé. On y voyait mal, deux torches accrochées aux murs jetaient une lueur faible et vacillante. Il y avait bien un rideau devant Maud. Une lourde tenture noire.

Mais de Renard, point. Sans oser parler, Maud se retourna et interrogea Roger du regard.

— Je suis là. Je vous écoute.

La voix venait de derrière le rideau.

— Eh bien... euh...

Oh ! là ! là ! Son cœur allait bondir hors de sa poitrine, ses jambes ne la soutenaient plus. Nouveau regard en direction de Roger qui lui fit un geste d'encouragement : « Allez-y, n'ayez crainte ! »

— Je m'appelle Maud Laroche, je suis la petite-fille du comte de Laroche, mais je ne suis venue à Paris que depuis une semaine, avant je vivais dans le...

— Au fait ! Je suis pressé !

Le ton n'était guère aimable. Maud poursuivit néanmoins.

— J'ai surpris une conversation ce soir. Mon

grand-père s'entretenait avec le capitaine de la garde. Il compte encercler nos terres pour vous capturer. Je voulais vous prévenir.

— Très bien ! C'est chose faite ! Merci !

Un claquement de doigts retentit. Roger s'approcha aussitôt, prêt à bander les yeux de Maud. Elle le repoussa sans ménagement.

— Hé ! Je viens de vous sauver la vie ! protesta-t-elle, invectivant le rideau.

— Je vous en ai remerciée.

— Ça ne me suffit pas.

— ...

De plus en plus nerveux, Roger triturait le bandeau qu'il tenait entre ses doigts et ne cessait de faire des gestes à l'attention de Maud : « Allons, mademoiselle, c'est assez ! N'abusez pas ! » voulait-il ainsi lui signifier.

— Je veux que vous fassiez de moi votre disciple !

Silence. Puis un éclat de rire retentit derrière le rideau.

Le goujat ! Il se moquait d'elle !

— Mon père était forgeron ! répliqua Maud aussitôt. Il fabriquait les plus belles épées du pays. Il m'a appris l'escrime. Je sais me battre. Je ne veux pas de la vie que m'impose mon grand-père. Je veux me rendre utile. Je vous aiderai à distribuer l'argent que vous dérobez à ceux qui en ont besoin. Je sais... Je sais ce que c'est que d'avoir faim, moi !

Mensonge. Mais l'accent de vérité y était, Maud n'en doutait pas. (Jean-Baptiste l'avait élevée dans la simplicité, certes, elle n'avait cependant jamais manqué de rien.)

Silence à nouveau. Au moins le Renard ne riait plus. C'était déjà ça. Maud perçut un bruit qu'elle n'avait pas remarqué jusque-là. Un bruit de sabots. Derrière le rideau, le Renard était probablement en selle. Allait-il, comme l'autre nuit, foncer droit sur elle avec sa monture ? L'autre nuit, justement...

— C'est à cause de vous que mon père est mort.

Ces mots franchirent les lèvres de Maud avant même qu'elle le décide.

— Pardon ?

— Vous avez bien entendu. Je vous ai rencontré une fois, c'était en forêt, sur la route de Monpazier, vous avez attaqué le comte de Venoix et son épouse. Vous vous en souvenez ?

— Vaguement.

— Eh bien cette nuit-là, lorsque je suis rentrée chez moi, j'ai trouvé mon père en train de mourir. Son assassin était encore dans la maison. Il a essayé de me tuer, mais j'ai réussi à le mettre en fuite.

— Je vous en félicite.

Ça commençait à bien faire, cette comédie ! La colère qu'elle tentait de maîtriser faisait trembler Maud de la tête aux pieds.

— Je n'ai rien à faire de vos félicitations ! Vous n'avez pas saisi mes propos. Si je n'étais pas allée dans la forêt pour vous voir ce soir-là, mon père ne serait pas mort.

Une voix. Étouffée, cette fois. Comme si le Renard parlait à quelqu'un. N'était-il donc pas seul derrière le rideau ? Le tissu s'écarta avec brutalité. Un magnifique cheval noir apparut. Et marcha droit sur Maud. Puissant, impressionnant. N'importe qui aurait frémi à sa vue. Roger s'avança aussitôt en levant la main dans un geste d'apaisement.

— Tout doux ! Tout doux ! s'écria-t-il d'un ton où perçait la crainte.

À l'évidence, connaissant le caractère impétueux du cheval – que le Renard lui-même n'avait pu retenir – Roger avait peur qu'il ne fasse mal à Maud. Mais celle-ci ne semblait pas le moins du monde impressionnée.

Elle venait d'évoquer la nuit du meurtre de son père, le moment où l'agresseur s'en était pris à elle, et elle se souvint que si elle avait pu lui résister, c'était précisément grâce à ce cheval. Oui, elle se souvint de ce qu'elle avait éprouvé : l'animal lui avait parlé, il l'avait avertie du danger et lui avait communiqué sa force.

— Ahlan oua sahlan ! [1]

Le cheval, qui était sur le point de se cabrer, s'en abstint. Il baissa la tête et s'avança vers Maud. Très lentement. Très doucement.

1. « Bonjour ! »

— Kaifa ha louk ? [1]

Le cheval mit sa tête entre les mains de Maud qui le caressa tendrement.

— Maismouk ? ... El Hasifa ? ... El Hasifa, naam ? [2]

Les mots de sa mère. Les mots que d'ordinaire Maud n'entendait qu'en rêve. Elle les avait prononcés d'une voix claire, comme si quelqu'un les lui avait soufflés. Et le cheval, avec de légers coups de tête, semblait en réclamer d'autres.

Roger était stupéfait. Les yeux ronds, écarquillés de stupeur, il était comme paralysé. De l'autre côté du rideau, le silence le plus total. Ce dont Maud, trop occupée à cajoler son nouvel ami et à lui parler, ne se soucia pas.

Le rideau finit toutefois par s'écarter.

Le Renard se montra. Or Maud ne s'y attendait pas. Plus.

Elle était en chemise de nuit !

Telle fut la première idée qui lui traversa l'esprit. Comment avait-elle pu négliger ce détail ? Pourquoi Roger ne lui avait-il pas suggéré de se changer avant de l'emmener ?

Décidément ! Il était dit que jamais elle ne pourrait paraître à son avantage devant le Renard ! Et

1. « Comment vas-tu ? »

2. « Comment t'appelles-tu ? Tempête ? ... Tempête, n'est-ce pas ? »

dire que, la veille au soir, elle était si belle, lorsqu'elle portait la robe de sa mère !

— Je suis sincèrement désolé pour la mort de votre père. Quant à votre demande, Roger vous fera connaître ma réponse.

11

Quel ennui ! Mais quel ennui mortel !

Que faisait-elle donc là, assise dans ce salon où tout était impeccablement rangé, où le moindre objet brillait, étincelait, où l'on craignait même de poser le pied sur le parquet de peur de le rayer ? De quoi avait-elle l'air, vêtue à nouveau d'une de ces robes inconfortables au possible, en plein après-midi, à boire le thé et à déguster des fruits confits ?

L'œil vide, amorphe, absente, Maud, sur son fauteuil, se sentait aussi dénuée d'intérêt que le chandelier posé sur la cheminée ou le napperon ornant le guéridon. Elle ne participait guère à la conversation – une espèce de brouhaha, de ronronnement diffus qui lui donnait une furieuse envie de dormir, d'autant qu'elle avait du sommeil à rattraper. Lorsqu'elle parvenait à vaincre la somnolence qui lui faisait dangereusement dodeliner de la tête, elle se perdait dans la contemplation de sa tasse de thé, comme si elle avait pu y trouver la réponse qu'elle attendait. Celle du Renard.

Trois jours déjà, et rien. Pas le moindre signe. Elle n'avait pourtant pas manqué de se renseigner auprès de Roger qu'elle était allée trouver quasiment toutes les demi-heures durant les soixante-douze écoulées.

« Euh... Eh bien... Rien... Euh... Pour l'instant, en tout cas. » C'est tout ce qu'elle avait pu en tirer. Elle n'avait pas manqué non plus de glaner une information quelconque auprès de Martha. Avait-elle bien dormi la nuit dernière ? ... D'une traite ? ... Est-ce qu'elle n'avait pas été dérangée par... Roger ? ... Il lui avait confié qu'il souffrait de temps à autre d'insomnie... Qu'il était sujet à... des crises de somnambulisme... qui l'obligeaient à se lever en pleine nuit. « Ah ? C'est bien possible, ça ! Il est tellement bizarre, mon Roger, je ne m'étonne plus de rien avec lui ! En tout cas, il peut danser la gigue toute la nuit si ça le chante, moi, quand je dors, je dors ! Une souche ! Un tremblement de terre ne me réveillerait pas ! » Maud n'était guère avancée. Nul moyen de savoir si Roger avait été appelé auprès du Renard, ces trois dernières nuits. Quant à pousser davantage l'investigation auprès de son épouse, c'était trop risqué.

Maud poussa un long soupir puis, se détachant

enfin de la tasse de thé, son regard dériva vers la fenêtre. Grande ouverte. Il faisait un temps magnifique. Si seulement elle pouvait trouver le moyen de quitter la pièce, d'aller seller sa jument pour galoper loin, le plus loin possible !

— Comment prenez-vous la chose, chère Maud ?

— Hein ? Quoi ?

La voix de Guilhem venait d'interrompre sa rêverie.

Il se trouvait assis en face d'elle. Jambes croisées – ah ! Ces horribles bas de soie, en plein après-midi, et ces ridicules petits souliers à boucles ! – il piochait dans le plateau des confiseries, le petit doigt relevé, se tapotant régulièrement le coin des lèvres avec un mouchoir en dentelle. Agaçante, cette préciosité !

Il n'était pas le seul invité du comte de Laroche. Il y avait également Albert de Huet, qui avait tenu à remercier de vive voix la jeune fille pour sa lettre d'excuses et lui assurer que l'incident du bal n'avait été pour lui qu'une broutille, vite oubliée. Touché par cette délicate attention, le comte avait insisté pour que Maud le salue de sa présence. Elle avait bien été contrainte d'accepter. Le prétexte de sa « maladie » n'était plus de mise : le lendemain de sa rencontre avec le Renard, sous l'emprise de la joie, elle avait eu l'imprudence de dévaler la rampe de l'escalier sur les fesses, et le comte avait été témoin de son exploit.

— Hum !

Guilhem s'éclaircit la voix pour signifier à la jeune fille qu'elle était censée lui répondre.

— Comment je prends la chose ? répéta Maud.

Encore eût-il fallu savoir quelle était la "chose" en question.

— Oh ! Eh bien, je trouve cela formidable ! Tout simplement formidable ! improvisa-t-elle.

Elle s'appliqua à accentuer les dernières syllabes du mot, ce qui donna "mi-da-a-a-ble". Elle avait remarqué que lorsqu'il se trouvait en compagnie, son grand-père adoptait cette emphase.

Un grand silence suivit sa remarque. Un silence pesant, gêné. Guilhem se racla la gorge à nouveau, Albert de Huet eut une espèce de petit sursaut tandis qu'une ombre de sourire – ou de grimace ? – passait sur ses lèvres. Quant au comte, il porta un regard consterné sur Maud. Et la consternation se mua très vite en colère. Car Maud n'ayant pas écouté la conversation qui avait précédé la question de Guilhem, elle ne pouvait savoir que la "chose" en question n'était ni plus ni moins que l'annonce de la mort du duc de La Volière, survenue la veille au soir, et qui avait plongé son entourage dans une grande affliction.

— Oui, vous avez raison, chère Maud ! intervint Guilhem avant que le comte ne s'en prenne à sa petite-fille. « Formidable » est vraiment le terme qui convient, au sens propre ! On pourrait aussi qualifier la mort du duc de La Volière...

Conscient que Maud n'était pas au fait, il prononça ces derniers mots très lentement, afin d'être sûr qu'elle comprendrait enfin de quoi il retournait.

— Cette mort, on pourrait la qualifier d'extraordinaire, c'est-à-dire, tout à fait hors de l'ordinaire, soit tragique, n'est-ce pas ? Ce décès a été si brutal, si inattendu !

Maud acquiesça d'un hochement de tête. Consciente de la bourde qu'elle venait de commettre, elle jugea qu'il était plus prudent de ne pas prononcer un mot de plus pour l'instant.

— Oh ! Mais quel malotru je fais ! ajouta Guilhem. Je vous questionne, je vous harcèle, alors qu'il est évident que ce décès vous affecte au plus haut point ! Le duc de La Volière était votre futur époux, comment ne pas être chagrinée ? TRÈS CHAGRINÉE !

Insistance à nouveau, doublée d'un regard éloquent. Maud finit par saisir le message. Guilhem – il était un peu agaçant, mais de bon secours, il fallait le reconnaître – voulait lui signifier par là qu'elle devait absolument faire disparaître le sourire radieux qui illuminait son visage. (Lorsqu'elle avait compris de quoi l'on s'entretenait, peu s'en était fallu qu'elle ne sautât de joie. Fini, l'horrible éventualité du mariage, puisque le vieux était mort ! Hourra !!!) Elle baissa les yeux et se composa une mine contrite. Et comme Guilhem lui tendait son mouchoir, elle s'en tamponna le coin de l'œil. Pas l'once d'une larme, mais en appuyant un peu, cela viendrait peut-être.

– C'est affreux ! Que lui est-il arrivé au juste ? demanda-t-elle un instant après, d'une toute petite voix. Il a été assassiné ?

Sa remarque jeta un nouveau froid et cette fois, Guilhem n'eut pas le temps de venir à son secours.

– Assassiné, mais quelle idée ! s'exclama le comte.

– Ben mon père l'a bien été, lui ! répliqua Maud.

Si elle avait parlé spontanément, sans réfléchir – comme souvent – Maud avait néanmoins vu juste. Mais ni le comte ni Guilhem ne pouvaient en avoir idée. En revanche, Albert de Huet, lui, savait bien de quoi il retournait. Lui seul savait qu'un nouveau domestique, payé par son frère, s'était glissé parmi le personnel du duc et lui avait apporté, la veille au soir, une boisson « un peu trop sucrée ».

– Il n'est arrivé au duc de La Volière rien que d'habituel, hélas, affirma-t-il. Nous sommes tous condamnés à finir de la même manière. Notre cœur bat, il vibre, il s'emballe parfois très fortement, sous le coup des épreuves que nous avons à subir, ou de nos sentiments, comme... l'amour, par exemple...

Il s'interrompit brièvement. Ses yeux étirés, presque bridés, eurent un éclat particulier qui donna à Maud la chair de poule.

— Ensuite, notre pauvre cœur s'use et finit par s'arrêter. Nous n'y pouvons rien. D'ailleurs, chère Maud, ne prenez pas ombrage de ma familiarité, mais je suppose que votre beauté a dû mettre le cœur du malheureux duc à rude épreuve.

— Je... Je ne me sens pas très bien, rétorqua Maud en bondissant de son siège. Veuillez m'excuser, mais je préfère me retirer.

Ces messieurs se levèrent pour la saluer. À peine en eurent-ils le temps. Pfft ! Maud avait déjà filé. Elle s'était littéralement enfuie de la pièce.

Un silence plana pendant quelques secondes. On entendait encore en écho le frou-frou de la robe de la demoiselle.

— La pauvre enfant est toujours un peu souffrante, et... le choc qu'elle vient de recevoir n'arrange rien, balbutia le comte en guise d'excuses.

Décidément, question bonnes manières ou savoir-vivre, Maud se posait bien là ! Le comte était horriblement gêné, mais il ne tarda pas à se rendre compte que ses hôtes, eux, n'étaient pas du tout offusqués par l'attitude de sa petite-fille.

Et la fin de la conversation qu'il eut avec l'un et l'autre le lui prouva doublement.

Albert de Huet fit, en bonne et due forme, avec toute la délicatesse et le raffinement qui le caractérisaient, une demande en mariage. Il avoua avec une sincérité, une émotion qui allèrent droit au cœur du comte qu'il avait éprouvé ce qu'on nommait « un coup de foudre » pour Maud. Il était bien conscient que sa demande était prématurée, vu les tristes circonstances. Aussi ne réclamait-il pas une réponse immédiate. Que le comte réfléchisse autant qu'il le souhaite. Et si, par bonheur, la réponse était positive, de grandes réjouissances seraient organisées pour fêter l'heureux événement.

Le jeune de Landrey n'entendit pas les paroles du baron – celles-ci furent échangées dehors, avec la discrétion requise, alors que le comte avait tenu à raccompagner lui-même le baron jusqu'à sa voiture. Mais lorsque, à son tour, le jeune homme dut prendre congé, il fit une généreuse proposition : ayant appris que les précepteurs convoqués précédemment au château n'avaient pas su enseigner leur art à la jeune fille, il offrit ses services pour faire son éducation.

Le comte fut ravi d'accepter.

Que demander de plus ? Tout cela s'organisait à merveille. Pour se marier au premier, Maud devait être une aristocrate accomplie, elle avait donc besoin de l'aide du second.

Commandement n° 1 :
Ne jamais poser de questions.

Commandement n° 2 :
Ne jamais émettre une plainte, quelle qu'elle soit.

Commandement n° 3 :
Ne jamais prendre d'initiative, heureuse, ou malheureuse.

Commandement n° 4 :
Respecter un secret absolu.

Commandement n° 5 :
Observer une ponctualité sans faille.

Commandement n° 6 :
Se soumettre à un régime alimentaire strict.

Commandement n° 7 :
Se dédier corps et âme à la cause.

Commandement n° 8 :
Faire vœu d'obéissance.

Commandement n° 9 :
Accepter d'éventuelles mesures disciplinaires.

Commandement n° 10 :
La disciple sera préalablement soumise
à une épreuve à l'issue de laquelle le maître décidera
si elle est apte à recevoir son enseignement.

Entre les soussignés :

Maud Laroche
(Ci-dessus dénommée la disciple)

Le Renard
(Ci-dessus dénommé le maître)

Le Renard

12

Il était deux heures du matin lorsque Maud, tirée par Roger d'un profond sommeil, apposa sa signature sur le contrat. Elle aurait signé n'importe quoi, même son arrêt de mort. D'un geste impératif de la main, Roger l'empêcha de manifester sa joie. Pas le temps. Elle devait s'habiller et le suivre.

Maud comprit qu'elle avait affaire au « Roger-du-Renard », celui auquel elle devait respect et obéissance.

Le rituel débuta. Les yeux bandés. La route. La grotte.

Pas un mot de bienvenue. Pas un salut. Rien. Maud était à peine entrée que le Renard jeta une épée à ses pieds. Il avait déjà tiré la sienne de son fourreau et attendait, prêt au combat.

L'épreuve annoncée dans le contrat allait commencer. Le cœur de Maud s'emballa. Elle allait devoir prouver ce dont elle était capable. Mais, de quoi au juste était-elle capable ? ... Sûrement pas d'affronter le Renard en duel.

La chaleur de son lit. Le luxe du château. La douce oisiveté de la vie qu'elle y menait. Oh ! C'était si bon, si agréable ! Si facile ! Pourquoi diable avait-elle affirmé qu'elle n'en voulait pas ?

Grand-père ! Viens me chercher !

Elle prit l'épée. Il fallait bien relever le défi. Massive, lourde, l'arme était conçue pour une personne deux fois plus grande qu'elle. Le Renard l'avait choisie à dessein. Évidemment ! Elle dégaina péniblement la lame. Maladroite, elle dut s'y reprendre à deux fois avant d'empoigner la garde. La lumière des torches se refléta dans la brillance de la lame et, tel un miroir, celle-ci renvoya à Maud l'image de son adversaire. Une image déformée : la silhouette du Renard apparaissait écrasée et difforme.

C'est qui, ce gnome ? Il ose me provoquer ?

Maud se mobilisa. Pensa à son père. C'était pour le venger qu'elle se trouvait là.

Allez, papa ! Aide-moi !

Elle se remémora les enseignements de Jean-Baptiste. Les parades fondamentales, huit en tout : prime, seconde, tierce, quarte, quinte, sixte, quintuple et octave. Les mouvements d'attaque et de défense. Position de garde : les deux genoux fléchis, le bras arrière replié vers le haut, le bras de l'épée partiellement tendu vers l'adversaire.

Allez !

Le combat s'engagea. Mal. Très mal pour Maud qui se trouva désarmée en un rien de temps, une première fois, puis une deuxième, mais elle ne manqua pas de récupérer son épée avec une vivacité qui eut l'air de surprendre son adversaire et le combat reprit. « Si tu veux parer rapidement, ne quitte pas des yeux ton adversaire, sache qu'il regarde toujours l'endroit où il va frapper. »

Oui, mais papa, comment on fait quand l'adversaire porte un masque qui ne laisse rien voir de ses yeux ? Juste un vague semblant de couleur... Marron ? Ocre ? Miel ?

Rouge. Pas les yeux du Renard, mais le sang qui s'écoulait de la blessure qu'il venait de lui infliger, là, juste au-dessus du poignet.

Aïe ! Ça fait mal !

« Imagine que tu es l'épée », disait aussi Jean-Baptiste. Oui, ça, c'était possible. Maintenant que Maud s'était habituée à son arme, elle lui semblait un peu plus légère. La jeune fille parvint à se fendre et ses jambes prirent de l'assurance, de la souplesse, de la vitesse. En avant, en arrière, à droite, à gauche. Les mouvements de la lame se firent plus agiles, plus précis. Maud arrivait à contrer. Riposter ? Non, pas encore, mais ça n'allait pas tarder. Elle tenait le coup, c'était le principal. Ne pas être désarmée une troisième fois, tel était son unique objectif. Si elle l'atteignait, c'était gagné...

La tête lui tournait, elle était à bout de souffle, ruisselait de sueur, de grosses gouttes de transpiration dégoulinaient de son front jusque dans ses yeux, lui brouillant la vue, sa langue était râpeuse tant elle avait soif, elle n'en pouvait plus, pourtant elle continuait ! Elle avait l'impression qu'à l'issue du combat, sa main resterait soudée au pommeau de l'épée... Mais elle progressait, non ? Une fois, une seule fois, elle avait senti la morsure de la lame, pour le reste, bah ! ce n'était rien du tout, de vagues effleurements, quasiment des caresses !

Le Renard décréta l'échange terminé. Maud – elle haletait tant qu'elle eut peine à croire que ce bruit de soufflerie qui résonnait dans la grotte venait de sa poitrine – attendit un commentaire.

Oh ! Bien sûr, le Renard n'allait pas lui faire des compliments, elle n'en demandait pas tant, elle savait parfaitement qu'elle avait encore beaucoup à apprendre, (bien pour cela d'ailleurs qu'elle réclamait son enseignement), mais il allait reconnaître qu'elle avait tenu le coup face à lui et que, par voie de conséquence, elle était apte.

Pas un mot. Pas la moindre remarque. Le Renard leva son épée et, du bout de la lame, sembla vouloir montrer quelque chose à Maud. Quoi ? ... *Quoi ?* ... Sa robe ? Qu'avait-elle donc, sa robe ? ... Maud baissa le menton et s'aperçut que celle-ci était entièrement cisaillée, découpée en morceaux, pire, en lambeaux qui n'étaient attachés les uns aux autres que par le biais de quelques malheureux fils. Les fragments de tissu alternaient avec les portions de chair mises à nu, formant une manière de damier. Et il y avait plus de chair nue que de tissu. Mais là n'était pas le problème. Maud se fichait pas mal d'être à moitié nue. Le Renard voulait lui signifier que, s'il ne l'avait pas ménagée pendant leur échange, s'il avait réellement combattu, les lambeaux de tissu seraient à présent des lambeaux de chair. Maud aurait été purement et simplement découpée en morceaux. En un mot, morte.

La honte envahit Maud. Puis ce fut la révolte. Ce n'était pas juste ! Elle avait combattu avec une tenue totalement inappropriée, une simple robe de coton ! Alors que le Renard, lui, portait cette chemise et ce pantalon si épais qu'ils constituaient à eux seuls une armure !

Elle faillit enfreindre le commandement n° 2. « Ne jamais émettre une plainte. » S'en trouva empêchée par un nouveau geste du Renard qui, devinant ses intentions, lui désigna un exemplaire du contrat, plus grand que celui qu'elle avait signé, affiché sur l'un des murs de la grotte.

Alors, quoi ? C'était fini ?

Oui. Le Renard fit un signe à Roger qui s'approcha de Maud et lui banda les yeux. La jeune fille s'en réjouit, pour une fois. Au moins ce fichu bandeau cacherait ses larmes. Des larmes de rage.

Une fois dehors, elle fut saisie par la morsure

du vent sur sa peau moite de transpiration mais, n'ayant même plus la force de frissonner, elle se mit à marcher comme une somnambule. Marcher ? ... Oui, marcher. Pas chevaucher. Elle prit soudain conscience qu'elle n'était pas en selle avec Roger. Celui-ci se tenait à côté d'elle, et... le Renard aussi. Elle n'était donc pas renvoyée chez elle ? Il lui restait encore une petite chance de se rattraper ?

Au bout d'un moment assez long, Roger retira le bandeau de Maud. Celle-ci découvrit qu'ils se trouvaient au cœur d'une forêt. Le Renard était toujours là et – Oh ! Son cœur bondit de joie, jamais elle ne se serait attendue à une telle délicatesse de sa part – il tenait une fleur à la main ! Une tulipe. Une jolie tulipe rouge. Maud s'apprêtait à accepter ce présent, cherchant les mots qui conviendraient le mieux (pour l'occasion, elle aurait le droit de parler à coup sûr), mais le Renard lui tourna brusquement le dos, s'éloigna d'une vingtaine de mètres à peu près et posa la tulipe sur la branche d'un arbre, tandis que Roger munissait Maud d'un arc et de trois flèches.

L'épreuve n'était donc pas finie. Maud comprit qu'elle devait toucher la tulipe d'une flèche et qu'elle ne disposait pour cela que de trois essais.

Impossible. Jamais elle n'avait manié un arc. Jamais elle n'avait eu l'occasion d'en avoir un en main !

« Ne jamais dire impossible. » Elle décida d'ajouter cette clause au contrat.

Les Orientaux savent tirer à l'arc, non ? Et moi, j'ai du sang oriental dans les veines. Allez, maman ! À toi de m'aider cette fois !

Maud eut l'impression que les muscles de ses bras allaient se déchirer suite à l'effort qu'elle fit pour tenter de bander l'arc. Elle y parvint cependant. Mais la première flèche partit dans le vide. Elle disparut loin, très loin, quelque part dans le ciel, peut-être même avait-elle atteint la lune. Néanmoins, Maud comprit son erreur, elle devait tenir l'arc avec une force beaucoup plus affirmée afin que la corde se tende sans trembler et que la flèche parte dans une direction précise.

Deuxième essai. Encore raté ! La flèche se perdit, non plus dans le ciel – c'était déjà ça – mais quelque part dans l'obscurité de la forêt.

Le dernier essai serait le bon, Maud n'en doutait pas. Parce que, quelle idiote ! Elle avait tout simplement oublié le principal : viser la cible. Elle banda l'arc à nouveau, ferma l'œil gauche, celui qui ne visait pas, et se rendit compte qu'elle ne distinguait pas bien la tulipe, elle en déduisit qu'elle devait viser de l'œil droit. Une fois la rectification faite, elle prit le temps de se concentrer. La flèche partit dans la bonne direction. Parfait ! Elle suivit une ligne droite... mais... fut déviée avant d'arriver à la cible. Pourquoi, grand Dieu ? Que s'était-il donc passé ? ... Le vent ! Maud n'en avait pas tenu compte. Résultat, la flèche fut dirigée vers le Renard, qui se baissa juste... avant qu'elle ne se plante dans son front. Il s'en était fallu de peu. Maud avait failli le tuer.

Le Renard revint vers la jeune fille. Cette fois, elle allait essuyer un sermon, se faire insulter et renvoyer séance tenante.

— Essayez avec ça ! dit-il d'un ton où perçait le mépris.

Roger donna à Maud une fronde et quelques cailloux ronds. Une arme nettement moins noble, mais Maud n'en prit pas ombrage. Le tir à la fronde, elle en avait fait plus d'une fois en compagnie de Francine, quand elle était petite. Restait à espérer qu'elle avait encore la main.

Le premier essai fut le bon. La tulipe tomba du premier coup. Les pétales rouges volèrent en éclats. Magnifique ! Maud se demanda bien pourquoi le Renard prenait la peine d'aller vers l'arbre de nouveau. Pourquoi donc vérifier que la cible était touchée, c'était évident, non ? Il n'était décidément pas bon joueur. Lorsqu'il revint, il tenait quelque chose à la main. Il faisait assez sombre, la torche que Roger brandissait n'éclairait pas suffisamment l'objet que le Renard déposa aux pieds de Maud. Celle-ci se baissa et constata qu'il s'agissait d'un écureuil. Mort. Il avait le crâne en bouillie. Éclaté par le caillou que sa fronde avait lancé. Autrement dit, Maud l'avait tué. Pauvre petit animal ! Pourquoi donc s'était-il approché de cette maudite tulipe ? Prise d'un haut-le-cœur, Maud eut une furieuse envie de pleurer, mais elle pressentit qu'elle ne devait rien en faire. Ce serait un signe de faiblesse. Elle aspirait à être une combattante, une guerrière. Si elle se mettait à pleurer au premier sang versé, le Renard la congédierait.

Toujours aucun commentaire de la part de celui-ci. Ces scènes muettes étaient assommantes à la fin !

Roger, qui s'était esquivé pendant l'épreuve du tir à l'arc revint, tenant les rênes de deux chevaux. Celui du Renard, et le sien. Maud en conclut qu'il fallait prendre le chemin du retour. Elle n'en fut pas surprise. L'épreuve, cette fois, était bel et bien terminée. Elle se trompait cependant sur les modalités de ce retour.

Le Renard enfourcha son cheval, Roger fit de même. Quant à Maud, elle rentrerait à pied.

Et seule.

— On se revoit bientôt, du moins je l'espère ! lança le Renard en s'éloignant à vive allure.

La panique envahit Maud. Elle se mit à courir derrière les chevaux, mais ceux-ci disparurent rapidement dans un nuage de poussière. Elle n'en crut pas ses yeux. Elle maudit le Renard, regretta de ne pas l'avoir tué lors de son deuxième essai au tir à l'arc. Quant à Roger... Comment pouvait-il lui faire un coup pareil ? C'était d'une cruauté ! Elle jura que si elle s'en sortait, dès le lendemain, elle mettrait Martha au courant des activités nocturnes de son mari ! Et il lui en découdrait !

Encore fallait-il qu'elle s'en sorte.

Comment allait-elle trouver le chemin du retour alors qu'elle avait fait l'aller les yeux bandés ? Combien de temps durerait la torche que, dans sa mansuétude, le Renard lui avait laissée ? Maud tenta, tant bien que mal, de rassembler son courage. Peut-être devrait-elle essayer ce sentier, là, sur la gauche ? ... Elle le suivit sur quelques mètres, mais son instinct lui dicta très vite de revenir sur ses pas. Il y avait une autre piste, sur la droite... Voyons, à l'aller, avait-elle repéré un bruit particulier ou une sensation sous ses pieds qui serait susceptible de la guider ? Des bruits, il y en avait partout autour d'elle, toutes sortes de cris d'animaux, doublés de bruissements d'ailes, de feuilles, et sous ses pieds, l'unique sensation qu'elle avait, c'était celle d'un froid glacial. Elle ne se sentait pas le courage de bouger d'un pouce. De toute façon, elle ne ferait que tourner en rond.

Désespérée, elle se laissa tomber par terre et se mit à pleurer, à sangloter. Oh ! Ça faisait du bien, tiens ! Elle avait retenu ses larmes depuis l'épisode de l'écureuil, pauvre petit animal ! D'ailleurs bientôt, elle serait punie de cet assassinat puisqu'elle aussi serait réduite à l'état de cadavre.

Non ! NON ! Elle eut un sursaut. Elle allait s'en sortir, elle montrerait à cette brute épaisse de quel bois elle se chauffait. Elle trouverait le chemin du retour. Elle mettrait probablement plusieurs jours pour arriver à destination, elle arriverait affamée, en sang, mais elle arriverait !

Elle stoppa ses larmes en reniflant un bon coup. Ce faisant, elle perçut une odeur. Ça sentait mauvais. Très mauvais. Était-ce le cadavre de l'écureuil qui se décomposait ? Déjà ? ... Non, d'ailleurs, ça ne sentait pas si mauvais que ça. L'odeur que Maud respirait lui était familière. La jeune fille eut tout à coup la vision des champs qui entouraient son village, les fermes dans lesquelles elle aimait se rendre en compagnie de Francine. Cette odeur, c'était... celle du fumier. Maud se releva et découvrit... Oh ! Merci ! Merci ! Si le Renard et Roger s'étaient montrés d'une cruauté sans égale, elle avait au moins un allié sur lequel elle pouvait compter. Un allié de taille !

Tempête.

Le cheval avait veillé à parsemer la route... de crottin. De belles crottes fumantes qui étaient autant de balises pour Maud. Elle n'avait plus qu'à les suivre, le chemin était tout tracé.

Maud parvint à la grotte exténuée, grelottante, ivre de fatigue, mais saine et sauve. Cette épreuve-là, au moins, elle l'avait réussie. Debout devant le Renard, elle attendit son verdict. Qui se résuma à ces cinq petits mots :

— Il y a du travail.

13

Maud fut si heureuse de retrouver son lit, la douceur des draps qui lui firent l'effet d'un onguent sur ses membres meurtris. Car vrai, elle avait mal partout ! Elle sombra dans le sommeil avant même de s'allonger, lui sembla-t-il, réconfortée par la perspective de savoir que le lendemain, elle dormirait toute la matinée, mieux, toute la journée. Elle pourrait ainsi récupérer ses forces, car en la raccompagnant, Roger lui avait signifié que « l'enseignement » du Renard débuterait dès la nuit prochaine.

Or elle ne dormit que trois petites heures à peine. La main énergique de Martha la secoua sans ménagement.

— Non ! Non ! ... NON ! N-O-O-O-O-N ! hurla Maud en se fourrant la tête sous l'oreiller. Qu'est-ce que c'était que ces manières ? Qu'on la laisse dormir !

Mais Martha, inflexible, tira la jeune fainéante de son lit. Tiens, elle faisait bien la paire, celle-là, avec son tortionnaire de mari ! Il était donc dit que l'un la réveillerait la nuit, et l'autre, le jour ?

Martha alléguant qu'elle tenait ses ordres du comte, Maud se leva. Telle une somnambule, elle se laissa habiller. Telle une marionnette, elle se laissa guider dans l'escalier (sous peine de tomber). Tel un pantin, elle entra dans le salon où l'attendait, non pas son grand-père, mais Guilhem.

Que faisait-il donc là ? De si bonne heure ?

Pas plus qu'elle n'avait compris les explications de Martha, elle ne comprit celles de Guilhem. Trop épuisée pour prononcer un mot, elle se contenta de rester là, debout devant lui – si toutefois ses jambes parvenaient à la maintenir debout – à le regarder. Quelle drôle d'allure il avait ! Il était poudré ! Il portait une affreuse perruque bouclée, il avait ajouté des rubans à ses petits souliers ! ... Mais que racontait-il à la fin ? Quoi ? Son grand-père l'avait désigné comme précepteur pour lui enseigner la littérature, la musique, la danse, toutes ces fadaises ? Oh ! Non ! Ça n'allait pas recommencer ! Le moment était vraiment mal choisi !

Maud jeta un regard las autour d'elle. Guilhem avait tout préparé. Une multitude de livres étaient étalés sur le bureau. Des partitions étaient posées sur le piano. Sans un mot, elle alla s'installer au bureau, tira un livre à elle, le plus grand de la pile, l'ouvrit et y posa la tête, se procurant ainsi un oreiller de fortune, pas si inconfortable que cela, au demeurant.

Elle s'endormit aussitôt.

Elle dormit longtemps. Très longtemps.

Lorsqu'elle se réveilla, le soleil commençait à décliner, c'était la fin de l'après-midi.

— Reposée ? s'enquit Guilhem.

Il était toujours là. Avait-il passé tout l'après-midi auprès d'elle ? À lire ? À écrire aussi ? Maud remarqua qu'il rassemblait des papiers.

— Je suis désolée, dit-elle. Je crois que... Vous savez, cette maladie dont j'ai souffert la semaine dernière, je m'en croyais guérie, mais... elle a dû faire un nouvel assaut.

— Oui, ma chère, vous me semblez bien faible en effet, constata Guilhem en s'attardant un brin à observer l'œil vif de la jeune fille (qui se sentait, de fait, parfaitement reposée). Que diriez-vous d'une promenade ? Prendre l'air vous ferait du bien.

Maud accepta avec enthousiasme. Elle fit auparavant un détour par la cuisine pour demander une collation à Martha. Elle n'avait rien mangé de la journée et si elle n'avalait pas quelque chose tout de suite, elle pourrait se transformer en cannibale et dévorer Guilhem tout cru – sans la perruque et les rubans.

— Vous chen voulez ? demanda-t-elle à celui-ci lorsqu'ils furent dehors, lui tendant le morceau de fromage dans lequel elle venait de mordre à pleines dents, mâchant l'énorme portion qu'elle s'était fourrée dans la bouche.

— Non, merci, répondit le jeune homme en s'efforçant de ne pas porter un regard trop dégoûté sur la bouche de la jeune fille. (Ses lèvres étaient luisantes. Avec la chaleur, le fromage, très fait, se transformait en une crème qui dégoulinait sur son menton. D'ailleurs, Maud l'essuya d'un revers de manche, sans se soucier de la tache dont elle venait de souiller sa robe.)

Pas très raffinée, la petite demoiselle.

— Pourquoi ? Vous chaimez pas cha ?

— Si, si, j'adore, mais je n'ai pas très faim.

Comment ne pas avoir l'appétit coupé devant le spectacle d'une telle gloutonnerie ? Et cette puanteur ! Guilhem se sentit au bord de la syncope.

Trop occupée à manger, Maud ne dit rien pendant un instant. Une fois qu'elle eut avalé le contenu du panier que lui avait donné Martha, elle désigna l'écurie.

— Si on faisait une promenade à cheval ? demanda-t-elle. Venez !

Mais Guilhem déclina l'offre.

— Non, je ne préfère pas.

— Pourquoi ?

— Je suis un piètre cavalier.

— Pas grave ! Allez, venez !

— Non ! ... Il se trouve que...

Guilhem eut l'air embarrassé.

— Vous n'allez pas me dire que vous avez peur des chevaux ? pouffa Maud.

— Eh bien si, justement... Je... J'ai eu un accident dans mon enfance, une mauvaise chute, et depuis... Ah ! Parlons d'autre chose, si vous le voulez bien !

Maud n'osa pas insister bien qu'elle fût déçue. Elle aurait bien aimé voir Guilhem à cheval. Il aurait été plus beau. « Beau ». Elle avait employé cet adjectif, réalisa-t-elle soudain. Comment Guilhem pouvait-il être beau, avec son visage poudré, sa perruque bouclée et ses petits rubans ? Maud mit cette erreur de jugement sur le compte d'un reste de fatigue.

Elle marcha un instant en silence, cherchant un sujet de conversation. Mais de quoi pourrait-elle bien parler ? Guilhem, hélas, était un habitué des salons et leurs préoccupations respectives n'avaient rien en commun. Oh ! Après tout, il n'était pas absolument indispensable de parler. Marcher ainsi, en silence, s'appuyer sur le bras que le jeune homme lui offrait était agréable. Elle eut une pensée amère pour la cruauté dont le Renard avait fait preuve pendant la nuit et se dit qu'elle avait bien le droit de profiter d'un peu de douceur, en guise de compensation. D'ailleurs, elle s'imagina que le Renard était là, quelque part, à l'observer en si galante compagnie. Eh bien ! Qu'il en prenne de la graine ! C'était un combattant hors pair, oui, mais il ne savait vraiment pas s'y prendre avec les femmes !

Non contente de s'appuyer sur le bras de Guilhem, elle posa la tête sur son épaule. Encore plus agréable ! D'autant qu'un parfum se dégageait du jeune homme. Hum ! Ça sentait bon ! Quelle était donc la composition de ce parfum ? Il y avait peut-être... une pointe de lilas. Non, de jasmin.... Ou les deux à la fois ? Elle se haussa sur la pointe des pieds afin de nicher un peu plus la tête au creux de l'épaule de Guilhem, de sorte que son nez effleura le cou du jeune homme. Ce n'était ni du lilas ni du jasmin, décidément, mais elle jugea tout à coup ce parfum trop lourd... étourdissant. Elle en éprouva un léger vertige qui la fit vaciller. Voulant retrouver son équilibre, elle se tordit la cheville – c'était si incommode de marcher avec des talons sur le gravier ! Guilhem, croyant qu'elle allait tomber, la rattrapa d'une main et la serra contre lui, tandis que son autre main s'égarait sur sa taille.

Le vertige s'accrut.

— Décidément, je... je ne me sens pas bien, balbutia Maud.

Elle éprouvait une sensation étrange, agréable et douloureuse à la fois. Comme un point de côté, mais au niveau du ventre, non, un peu plus bas. Une brusque chaleur embrasait l'endroit où

Guilhem avait posé sa main et irradiait l'ensemble de sa colonne vertébrale. Et puis le parfum ! Oh ! Ce parfum !

— Je ferais mieux de rentrer.

— On se revoit demain ? demanda Guilhem. J'ai promis à votre grand-père de m'occuper de vous. Vous ne voudriez pas faire de moi un parjure, n'est-ce pas ?

« Et moi, j'ai aussi fait un serment », voulut répliquer Maud.

— Oui ! Non ! Je sais pas ! bafouilla-t-elle avant de s'esquiver.

Ce fut oui. Maud et Guilhem se revirent le lendemain, ainsi que les jours qui suivirent.

Pendant les semaines qui furent consacrées à la « formation » de Maud, la jeune fille vécut une double vie. Entraînement intensif la nuit, éducation spirituelle le jour.

Elle n'y parvint que grâce à la clémence dont Guilhem fit preuve. La plupart du temps, il la laissait dormir, affalée sur le bureau, dans la bibliothèque, et ne la réveillait que lorsque le comte frappait à la porte pour vérifier que tout allait bien. Vite, Maud saisissait alors une plume, un livre et faisait mine d'étudier. La jeune fille bénit son grand-père d'avoir choisi Guilhem comme précepteur. Il lui fichait une paix royale. (Pauvre jeune oisif, il était bien content d'avoir une occupation, même fictive.)

Du coup, elle n'eut plus aucun conflit avec le comte de Laroche, qui se félicitait chaque jour davantage de la tournure que prenaient les choses.

En revanche, l'éducation nocturne ne fut pas aussi aisée. Elle fut même redoutable. Le Renard n'avait pas du tout l'indulgence de Guilhem.

Ce furent pour Maud des nuits de souffrances et de brimades.

Elle pénétra dans l'antre du Renard, sa « tanière », qui se dissimulait derrière le grand rideau noir. Ce n'était, de fait, que le prolongement de la grotte à laquelle elle avait déjà eu accès. Une manière de caverne qui s'étalait sur une immense superficie, bardée de toutes sortes d'appareils dont Maud n'aurait jamais, auparavant, supposé l'existence. Il s'agissait, pour la plupart, de monstrueux attelages de ferraille. (On eût dit la salle de torture d'un inquisiteur.) Sur l'un, on devait s'allonger, les pieds emprisonnés dans un étau, et redresser le buste en tirant sur une corde à la force des bras. Sur l'autre, il fallait faire l'inverse. Les murs en pierre étaient garnis de fers à cheval, crampons sur lesquels on devait prendre appui pour escalader. Il y avait également des poutres très hautes, dont la largeur n'excédait pas quelques pouces, et sur lesquelles on devait jouer les funambules. Une multitude d'anneaux accrochés à des cordes pendaient du plafond : il fallait s'y suspendre comme si c'étaient des lianes pour sauter de l'un à l'autre sur un parcours déterminé.

Maud dut pratiquer quotidiennement chacun de ces barbares exercices.

Elle passa des nuits à courir. Courir sans jamais s'arrêter. Sans avaler une goutte d'eau.

Elle apprit à se battre. À l'épée, au sabre, à mains nues.

Elle apprit à tirer à l'arc. Correctement, cette fois. Sur une cible de plus en plus éloignée.

Elle apprit à grimper, sur les murs, les arbres, les toits. Avec ou sans corde. À sauter des obstacles, avec la seule force de ses jambes. À évoluer sur un toit avec autant d'aisance que sur le parquet de sa chambre.

Elle croyait savoir monter à cheval. Le Renard lui prouva l'inverse. Elle dut monter à cru. Galoper à une vitesse vertigineuse. Parvenir à se tenir debout sur son cheval. À sauter en selle alors que le cheval arrivait sur elle en plein galop.

Elle apprit à résister à la faim. À manger ce qui la dégoûtait. Des insectes, des araignées, des cafards. Jusqu'à ce qu'elle s'en régale.

Elle apprit tout cela sous une férule de fer. Sans jamais avoir un mot d'encouragement, encore moins de félicitations, même lorsqu'elle progressait de manière évidente. Le Renard ne savait que houspiller, crier, vitupérer, tancer. Même les larmes ne le fléchissaient pas. Oh ! Ce n'étaient pas des larmes de faiblesse. Lorsque Maud pleurait, c'était parce qu'elle pensait à son père. Elle se disait qu'il serait si fier de voir ce qu'elle était devenue. Il lui arrivait aussi de penser à l'assassin de Jean-Baptiste, qu'elle brûlait de retrouver pour se mesurer à lui.

« Tant que ta motivation restera d'ordre personnel, tu ne seras pas apte ! C'est au service du peuple que tu entres ! » lui lançait alors le Renard.

Il était atroce, ce Renard. Et en comparaison, Guilhem était si doux, si prévenant, si compréhensif ! Plus d'une fois, Maud fut tentée de tout arrêter. D'abandonner ses rêves de vengeance et de justice pour s'en remettre à Guilhem, pour qu'il fasse d'elle une jeune fille convenable, une aristocrate, une petite marionnette qui réciterait par cœur ce qu'on lui avait appris et qu'on trimballerait de salon en salon.

Mais elle tint bon.

Et la récompense tant attendue arriva.

Une nuit, alors qu'elle se préparait à l'entraînement comme d'habitude, Maud fut surprise de découvrir le repaire du Renard entièrement métamorphosé. À la place des appareils sur lesquels elle avait sué sang et eau, se trouvait une table joliment dressée pour un repas en tête à tête. (« En amoureux » aurait pensé Maud. Du moins la Maud d'avant, celle qui ne connaissait pas encore vraiment le Renard.) Un délicieux parfum planait dans l'air, laissant présager que les assiettes posées sur la table allaient se garnir d'autre chose que du simple assortiment de fruits secs et des quelques amandes que Maud avait l'habitude d'absorber rapidement avant son entraînement – les bons jours, lorsque araignées, cafards et autres abominations n'étaient pas au menu.

Maud remarqua également qu'une rose était négligemment jetée au milieu de la table. Une rose magnifique, dont le rouge écarlate des pétales contrastait avec le blanc de la nappe. Maud pensa aussitôt à la tulipe qu'elle s'était évertuée à toucher d'une flèche lors de sa première épreuve. Était-ce un symbole ? Le Renard voulait-il lui signifier par ce biais qu'elle était arrivée au bout de ses peines ? À en croire le sourire qui s'affichait sur ses lèvres, oui.

Le Renard se leva pour accueillir la jeune fille. Une marque de galanterie dont il n'était guère coutumier.

— Pour vous ! dit-il en élargissant son sourire.

Maud crut tout d'abord qu'il parlait de la table et du repas en perspective, ou de la rose, mais elle vit ensuite qu'il désignait un paquet, posé sur une chaise à proximité d'elle. Cela ressemblait à un cadeau.

— Pour moi ? répéta-t-elle, incrédule.

— Oui, allez-y ! Ouvrez !

Maud souleva avec précaution le couvercle de la

boîte. Elle se tenait encore sur ses gardes. Quelque chose lui soufflait que l'entraînement n'était peut-être pas tout à fait terminé, qu'il y avait là un piège. Le Renard avait aiguisé son sens de la méfiance – oh ! oui ! – il avait insisté sur ce point : ne jamais se fier aux apparences. Flairer le traquenard. Sans compter qu'un cadeau, ce n'était pas vraiment le genre de la maison. Il y avait peut-être dans cette boîte un gros rat qui lui sauterait à la gorge, ou quelque autre mauvaise surprise.

Mais non. C'était bien un cadeau. Et quel cadeau ! Des bottes. Un collant. Un ceinturon. Une chemise à larges manches. Un corset en cuir. Un masque. La version féminine de la tenue du Renard. Chaque élément de ce costume, dont il était évident qu'il soulignerait à merveille le corps de Maud, qu'il avait été taillé sur mesure pour elle, était d'un rouge écarlate, identique à celui de la rose posée sur la table.

— Votre tenue de combat ! annonça le Renard. Pour vos futures missions.

— Oh ! Je... C'est... Ça veut dire que... Vous...

Impossible d'articuler une phrase complète, Maud était trop émue.

— Vous l'avez bien méritée, poursuivit le Renard. Asseyez-vous, je vous en prie ! Ce soir, pas d'entraînement, nous allons fêter la naissance de la « Rose écarlate » ! Votre nom de guerre !

C'en était trop. Maud ne s'assit pas, comme l'y

invitait le Renard, mais tomba sur la chaise qu'il lui avançait. (Un peu plus et elle atterrissait par terre.)

Elle ne pouvait quitter des yeux la magnifique tenue encore enfermée dans la boîte. Si elle s'était contentée de l'effleurer d'un doigt respectueux, elle brûlait d'envie de l'essayer. Plus tard, peut-être...

Roger commença à apporter les plats.

— Je dois avouer que vous m'avez surpris, Maud, poursuivit le Renard. Vous avez fait preuve d'une volonté de fer, d'une force de caractère étonnante et...

Il s'interrompit un bref instant pour inciter Maud à manger, Roger venant de la servir.

— Vous êtes maintenant arrivée au terme de la formation que j'avais prévue, vous êtes fin prête... Et ce soir, nous allons le fêter !

Le Renard leva son verre, Maud en fit autant, et ils trinquèrent avec enthousiasme.

— À la Rose écarlate !

Maud but son verre d'une traite. L'émotion lui avait donné soif. Et faim aussi. Faire la fête ? Oui, elle en avait bien envie. Comme le Renard l'y invitait une nouvelle fois, elle entama son repas et mangea de bon appétit. Elle avait du retard à rattraper et décida de ne pas se priver. Pas d'entraînement, pas de régime !

Peu à peu, elle n'écouta plus que d'une oreille les propos du Renard. Si elle était flattée par ses compliments, à force, ceux-ci devenaient répétitifs, presque lassants. Quant aux plats qu'avait préparés Roger – était-ce lui ou s'était-il débrouillé pour les dérober dans la cuisine de Martha ? – c'était un vrai régal, et le vin se laissait boire comme du petit-lait.

Maud fit donc honneur au repas, sans s'apercevoir que le Renard, décidément bavard ce soir, ne mangeait rien de son côté et se contentait de l'observer.

Après avoir englouti fromage et dessert, Maud retrouva enfin l'usage de la parole.

— Est-ce que je peux ? demanda-t-elle en désignant la tenue rouge.

Le moment était venu de l'essayer, non ? Elle avait certes un peu trop mangé, le corset semblait très ajusté, mais en rentrant le ventre, ça devrait aller.

Sans répondre, le Renard se leva, prit la boîte, la referma et la donna à Roger qui l'emporta.

— Mais...

— Chut !

Le Renard saisit la rose posée sur la table et, avançant une chaise, s'assit près de Maud.

— Regardez bien cette rose, Maud. Elle est belle, n'est-ce pas ? Ses pétales sont doux au toucher, ils sentent bon. Quand on observe cette fleur, on pense à quoi ? Délicatesse, fragilité, raffinement, élégance, grâce. Pourtant, il vaut mieux ne pas se frotter à ses épines, n'est-ce pas ? Les épines piquent, elles peuvent même blesser. Quel paradoxe ! ... Par ailleurs, la rose n'est jamais qu'une ronce, elle pousse n'importe où, c'est une fleur sauvage. Vous êtes cette rose, Maud.

Trop gentil, vraiment. Arrêtez les compliments ! Maud était flattée tout en se sentant légèrement mal à l'aise. La digestion ? Une légère ivresse due à l'excès de vin ? En tout cas, quelque chose n'allait pas.

— Enfin, vous n'êtes pas tout à fait comparable à cette rose, corrigea le Renard. Pas encore.

Il se mit à effeuiller la fleur. Il arracha brutalement chacun de ses pétales et les jeta à terre, puis ce furent les feuilles qui subirent le même traitement. Il brandit alors la tige nue sous le nez de Maud.

— Pour l'instant, vous ne ressemblez qu'à ça ! Une tige avec de grosses épines !

— Je... Je ne comprends pas bien...

Le Renard se leva et arpenta la pièce d'un pas nerveux. C'était de nouveau le Renard de l'entraînement, morose, autoritaire.

— Vous ne comprenez pas ? répéta-t-il avec colère. C'est bien là le problème, vous ne comprenez pas grand-chose, Maud ! Vous vous êtes comportée comme une petite souillon, une sauvage pendant le repas. Les épines (il brandit à nouveau la tige de la rose), les épines, c'est votre combat, c'est la partie de vous qui se montrera la nuit, lors des missions qui vous incomberont, mais le jour, vous devez avoir la douceur, la délicatesse, le raffinement des pétales, en un mot, vous devez être une femme du monde. Or vous en êtes loin !

— Mais... Mais...

Maud fut prise de colère à son tour. Alors, tout ça, le soi-disant cadeau, la table, les plats, le vin, la fête, c'était bien un piège comme elle l'avait supposé en arrivant ?

— Pourquoi aurais-je besoin d'être bien éduquée pour livrer combat ? riposta-t-elle. Ça n'a pas de sens ! Qu'ai-je à faire d'entrer dans le monde ?

— Parce c'est dans le monde que se trament les complots les plus pervers ! Parce que vous avez aussi besoin d'une couverture. La journée, vous devez être Maud DE Laroche (il insista sur le « de ») pour égarer tout soupçon... Débrouillez-vous comme vous pourrez, mais ne revenez ici que lorsque vous saurez vous tenir ! Lorsque vous aurez suffisamment de culture, enfin bref, lorsque vous aurez quelque chose dans le cerveau !

Sur ces paroles, le Renard fit signe à Roger qui s'avança.

Les yeux bandés. Le retour. Comme les autres nuits.

Fin de la fête.

14

— Pourquoi m'avez-vous laissée dormir au lieu d'étudier ? Pourquoi ne m'avez-vous rien appris ? Vous deviez m'enseigner la littérature, la poésie, la musique. Mon grand-père vous avait engagé pour cela, non ? Il avait confiance en vous ! Vous l'avez trahi, et moi, avec !

— Mais enfin Maud, c'est vous qui...

Le lendemain, ce fut au tour de Guilhem de subir les foudres de Maud. Tout ce qu'elle avait apprécié chez lui, sa douceur, son indulgence, sa tolérance, elle le lui reprocha, point par point, avec force violence.

— Venez ! Cette fois, on travaille ! Et pour de bon !

De la même manière qu'elle s'était entraînée au combat, Maud s'attela à l'étude. D'arrache-pied. Elle élut domicile dans la bibliothèque où elle s'enferma des journées entières pour en sortir, chaque soir, ivre de savoir et les yeux rougis à force d'avoir lu.

Elle alla même plus loin. Jugeant que Guilhem n'était pas apte à lui enseigner certaines astuces proprement féminines, elle fit appel à la marquise de La Fleur. Grâce au talent de celle-ci, l'art de l'hypocrisie n'eut plus aucun secret pour Maud qui apprit à sourire en toutes circonstances, y compris – et surtout – lorsqu'elle avait envie de montrer les dents.

Elle se plia également aux exigences de son grand-père. Est-il utile de préciser que le comte de Laroche voguait sur un petit nuage ? Sa petite-fille était désormais un modèle du genre. Élégance, douceur, obéissance, délicatesse. Même physiquement, elle avait changé. Ce qui était assez étonnant, par ailleurs. Elle avait un peu... forci, remarqua le comte. Non pas que sa taille se fût épaissie, loin de là, elle était fine à souhait, mais ses épaules paraissaient un rien trop développées pour une jeune fille de son âge, non ? ... Et il y avait comme... une impression de force qui se dégageait de sa personne, c'était parfois troublant. À croire qu'au lieu de passer ses journées à étudier comme elle le faisait, Maud s'était adonnée à quelque activité sportive. Bah ! Sa vue baissait sans doute avec l'âge, conclut le comte. Ou alors, cet infime détail était simplement dû au fait que Maud n'était plus une adolescente, elle devenait femme !

Ainsi, comme l'exigeait son grand-père, Maud fit salon l'après-midi. Entre autres invités de marque, elle fut amenée à recevoir le baron Albert de Huet. Ses visites se firent de plus en plus fréquentes. Discussions autour d'une tasse de thé, promenades dans le jardin, paroles douceâtres, équivoques, elle accepta tout cela. En serrant les dents. Les enseignements de la marquise de La Fleur lui furent d'un grand secours dans ces moments-là. Lorsqu'Albert de Huet, de plus en plus hardi, lui prenait la main et la portait à ses lèvres, Maud sentait sa peau se hérisser, elle avait envie de hurler, de tout casser autour d'elle, mais parvenait à se maîtriser.

Elle devait montrer au Renard de quoi elle était capable, et laisser croire au baron de Huet qu'elle était sensible à sa cour, que oui... peut-être... elle pourrait l'épouser – alors que tiens, il pouvait toujours courir ! C'était une façon d'entrer dans le monde, comme l'avait exigé le Renard.

Elle n'était pas une simple tige avec des épines ! Grand Dieu, non !

Au terme de cette période, ce fut elle qui, une nuit, secoua Roger et lui ordonna de la conduire dans le repaire du Renard. Elle avait revêtu pour l'occasion une robe magnifique, choisie par la marquise de La Fleur. Elle s'était également coiffée et maquillée avec soin.

Elle se présenta ainsi devant le Renard. Sans un mot, elle lui laissa le temps d'apprécier sa nouvelle apparence. Puis elle le pria de se tourner afin qu'elle puisse se changer et enfiler la tenue de la Rose écarlate. (Elle ne prit cette précaution que par respect pour la mémoire de son père, pour les dernières paroles qu'il avait prononcées avant de mourir. Pour sa part, elle n'aurait eu aucun scrupule à se montrer nue devant le Renard. Il aurait vu un peu si elle avait l'air d'une tige !)

Lorsque ce fut chose faite :

— Alors, m'estimez-vous enfin prête ? demanda-t-elle.

Prête, oui, elle l'était, estima le Renard qui révéla à Maud quelle serait la première mission de la Rose écarlate.

Prête, oui, elle l'était, estima également Albert de Huet qui le confia à Albion. Lequel, en retour, lui exposa ses plans concernant l'Élue, sous l'œil maléfique du Baphomet.

« Pour l'éditeur, le principe est d'utiliser des papiers composés de fibres naturelles, renouvelables, recyclables et fabriquées à partir de bois issus de forêts qui adoptent un système d'aménagement durable. En outre, l'éditeur attend de ses fournisseurs de papier qu'ils s'inscrivent dans une démarche de certification environnementale reconnue. »

Édité par la Librairie Générale Française - LPJ
(43 quai de Grenelle, 75905 Paris Cedex 15)

Composition Nord Compo
Achevé d'imprimer en Italie par ROTOLITO LOMBARDA
Dépôt légal 1re publication septembre 2013
32.0203.3/02 - ISBN : 978-2-01-320203-9
Loi n° 49-956 du 16 juillet 1949 sur les publications destinées à la jeunesse

Dépôt légal : décembre 2013